O LIVRO
BRANCO

Org.
Henrique Rodrigues

O LIVRO
BRANCO

19 contos inspirados em músicas dos Beatles + bonus track

Ana Paula Maia
André de Leones
André Moura
André Sant'Anna
Carola Saavedra
Fernando Molica
Felipe Pena
Godofredo de Oliveira Neto
Henrique Rodrigues
Lúcia Bettencourt
Marcia Tiburi
Marcelino Freire
Marcelo Moutinho
Marcio Renato dos Santos
Maurício de Almeida
Nelson Motta
Rafael Rodrigues
Simone Campos
Stella Florence
Zeca Camargo
Org. Henrique Rodrigues

EDITORA RECORD
RIO DE JANEIRO • SÃO PAULO
2012

CIP-Brasil. Catalogação na fonte
Sindicato Nacional dos Editores de Livros, RJ

L762   O livro branco: 19 contos inspirados em músicas dos Beatles / org. Henrique Rodrigues. – Rio de Janeiro: Record 2012.

ISBN 978-85-01-09928-0

1. Beatles (Conjunto musical) - Ficção. 2. Conto brasileiro. I. Rodrigues, Henrique.

12-2960.   CDD: 869.93
                            CDU: 821.134.3(81)-3

Copyright © by Henrique Rodrigues, 2012

Capa: Tita Nigrí

Texto revisado segundo o novo Acordo Ortográfico da Língua Portuguesa.

Direitos exclusivos desta edição reservados pela
EDITORA RECORD LTDA.
Rua Argentina 171 — Rio de Janeiro, RJ — 20921-380 — Tel.: 2585-2000

Impresso no Brasil

ISBN 978-85-01-09928-0

Seja um leitor preferencial Record:
Cadastre-se e receba informações sobre nossos lançamentos e nossas promoções.

Atendimento e venda direta ao leitor:
mdireto@record.com.br ou (21) 2585-2002

Sumário

Apresentação......7

Uns e outros, *Zeca Camargo*......9

O bolachão do Help pela Cristiane, *Godofredo de Oliveira Neto*......21

Ticket to write, *Lúcia Bettencourt*......29

Ruídos, *Carola Saavedra*......37

...love behind..., *André Moura*......43

PM, *Marcelino Freire*......51

Esta não fala de amor, *Simone Campos*......55

O barbeiro e o besouro, *Ana Paula Maia*......65

Nothing is real, *André Sant'Anna*......69

Uma jornada particular, *Marcio Renato dos Santos*......73

I am the Walrus, *Maurício de Almeida*......81

Revolução no Grajaú, *Fernando Molica*......87

\o/, *Henrique Rodrigues*......93

While my guitar Gently Weeps, *Marcia Tiburi*......99

Blackbird, *Stella Florence*......105

1986, *André de Leones*.. 109

Something, *Marcelo Moutinho*................................. 123

Amor incondicional, *Rafael Rodrigues* 131

Carta de são Paulo ao apóstolo João, *Felipe Pena*................. 137

Bonus Track

Meu Beatle favorito, *Nelson Motta* 147

Sobre os autores... 151

Apresentação

Nas últimas cinco décadas muitas pessoas, de algum modo, receberam algum tipo de influência dos Beatles. Quando eu era garoto — ou pelo menos parecia mais garoto —, gostava muito de ver na TV um desenho animado sobre três roqueiros que se transformavam em super-heróis. Só muito mais tarde descobri que era uma referência aos rapazes de Liverpool. E que não eram três, e sim quatro.

Passados mais de 50 anos desde a formação da banda, esses rapazes parecem estar o tempo todo ao nosso lado ditando moda e comportamento enquanto cantam sobre amor, encontros, separações, transgressões e a necessidade constante de se reinventar. Da saudade do bairro onde se viveu na infância a uma visão psicodélica da realidade, a banda imprimiu sua marca ao mesmo tempo que retratou muitas das transformações culturais pelas quais o mundo atravessou.

Esse jogo de representações está aqui neste livro. Um livro branco, como foi um dos discos da banda. Ao pensar nesta antologia, minha intenção foi revelar, em textos de vinte escritores brasileiros, como as músicas dos Beatles podem também ser refletidas, com diferentes matizes, na nossa produção literária.

Cada autor ficou livre para escolher sua música preferida e escrever uma história, e o resultado ficou tão diverso quantas são as diferentes fases dos Beatles. Assim, espero que este livro branco seja lido ouvindo as canções que lhe serviram de inspiração, e que dessa soma surja uma nova forma de curtir as músicas dos Fab Four que, indiscutivelmente, permanecerão por muitas gerações.

Henrique Rodrigues

Uns e outros

Zeca Camargo

> *Try to see it my way*
> *Do I have to keep on talking till I can't go on*
> "We can work it out", Lennon-McCartney

"Márcio."

"Quem?"

"Márcio."

"*Try to see it my way, do I have to keep on talking till I can't go on.*"

*

"Alô!"

"Márcio?"

"Márcio!"

"*Try to see it my way, do I have to keep on talking till I can't go on.*"

*

"Quem é?"

"Quem fala?"

"Quem quer falar comigo?"

"Alexandre?"

"Quem quer falar comigo?"

"*Try to see it my way, do I have to keep on talking till I can't go on.*"

*

"Oi."

"Oi quem?"

"Como assim? Foi você que ligou!"

"Quem tá falando? Alexandre?"

"Sabia que eu não deveria atender quando é chamada bloqueada..."

"*Try to see it my way, do I have to keep on talking till I can't go on.*"

*

"Teddy?"

"Sim, quem é?"

"*Try to see it my way, do I have to keep on talking till I can't go on.*"

*

"Você de novo? O da chamada bloqueada?"

"É o Teddy?"

"Quem quer saber?"

"É o Teddy?"

"E se for?"

"*Try to see it my way, do I have to keep on talking till I can't go on.*"

*

"Bruno."

"Oi, Bruno!"

"Quem é?"

"Você conhece alguma Carla?"

"Carla? Quem tá falando?"

"Conhece?"

"Carla?"

"*Try to see it my way, do I have to keep on talking till I can't
go on.*"

*

"Alô."

"Bruno?"

"É o amigo da Carla de novo?"

"Então você conhece a Carla?"

"Eu não disse isso..."

"*Try to see it my way, do I have to keep on talking till I can't
go on.*"

*

"Alô."

"Marco Antônio?"

"É."

"Ah, bom dia, Marco Antônio, eu sou amigo da Carla e eu
estava querendo saber..."

"Carla?"

"É, da Carla."

"Eu não tenho mais nada a ver com essa mulher."

"Como assim?"

"Eu não quero nem ouvir o no..."

"*Try to see it my way, do I have to keep on talking till I can't
go on.*"

*

"Alexandre?"

"É o cara da musiquinha dos Beatles?"

"Você conhece aquela música?"

"Eu tinha uma namorada que adorava Beatles."

"A Carla?"

"Como você sabe?"

"*Try to see it my way, do I have to keep on talking till I can't
go on.*"

*

"Mano?"

"Oi."

"Oi, Mano, você não me conhece, mas eu tenho o seu contato por causa de uma amiga em comum."

"Que amiga?"

"A Carla."

"Carla?"

"*Try to see it my way, do I have to keep on talking till I can't go on.*"

*

"Marco Antônio?"

"Foi a Carla que pediu para você me procurar?"

"A Carla não me pediu nada..."

"Isso é bem coisa dela!"

"Não, ela não tem nada a ver com isso."

"Então o que você..."

"*Try to see it my way, do I have to keep on talking till I can't go on.*"

*

"Mano?"

"Eu não te conheço, conheço?"

"Acho que não."

"Seu número aqui aparece bloqueado."

"Como é seu nome de verdade, Mano?"

"Quem é que quer saber?"

"O que eu quero saber mesmo é se você conhece a Carla."

"Que Carla?"

"E qual é seu nome mesmo."

"Que Carla?"

"Eu tenho certeza de que ela te conhece."

"Sei. Sei... Ela é dentista?"

"Vocês tiveram um caso?"

"Não sei. A última mulher com quem eu transei era dentista."

"Então!"

"Mas ela não se chamava Carla."

"Não?

"Não."

"*Try to see it my way, do I have to keep on talking till I can't go on.*"

*

"Lembrou se você conhece ou não a Carla?"

"Você vai ficar me ligando o dia inteiro?"

"Não é uma pergunta complicada, Bruno."

"Pode ser."

"Pode ser o quê?"

"Eu conheço duas Carlas."

"Duas?"

"Uma que é minha amiga de infância, e outra é uma gostosa que..."

"*Try to see it my way, do I have to keep on talking till I can't go on.*"

*

"Márcio."

"Oi, Márcio, eu tô ligando em nome da Carla."

"Hum?"

"Carla."

"A Lota?"

"Lota?"

"O apelido da única Carla que eu conheço."

"*Try to see it my way, do I have to keep on talking till I can't go on.*"

*

"Flávio?"

"Eu!"

"Flávio... Seu nome é o primeiro da lista dela..."

"Oi?"

"A lista da Carla, Flávio."

"Que lista? Que Carla? Quem tá ligan..."

"*Try to see it my way, do I have to keep on talking till I can't go on.*"

*

"Eu de novo."

"Chamada bloqueada, só poderia ser."

"Eu só queria saber, Flávio..."

"Vai bater o telefone na minha cara de novo?"

"Eu não bati o telefone na sua cara, eu só coloquei uma música para você ouvir."

"Dá na mesma!"

"Eu só queria saber, por que você é o primeiro da lista dela?"

"Olha, cara, eu não tenho ideia do que você está falando."

"Eu achei essa lista no iPad dela."

"De quem?"

"Da Carla."

"É uma pegadinha?"

"Não sabe quem é Carla?"

"O nome da Cacá é Carla?"

"Cacá?"

"A mulher que eu conheci na Micareta."

"*Try to see it my way, do I have to keep on talking till I can't go on*".

*

"Teddy, eu só preciso saber se você ainda tem alguma coisa a ver com a Carla."

"O que você tem a ver com a minha vida?"

"Eu tenho a ver com a vida da Carla."

"Minha namorada se chama Clara."

"Dentista?"

"É."

"Tem certeza que o nome dela é Clara?"

"O dia em que eu não souber o nome da mulher que acorda três noites seguidas do meu lado é porque..."

"*Try to see it my way, do I have to keep on talking till I can't go on*".

*

"Mano?"

"Eu tô esperando uma ligação."

"Como é o nome dessa dentista com quem você teve um caso?"

"Eu não tive um caso com dentista nenhuma."

"Mas você falou..."

"Eu transei com uma dentista que eu nem lembro o nome."

"*Try to see it my way, do I have to keep on talking till I can't go on.*"

*

"Qual era a música dos Beatles de que sua namorada mais gostava, Alexandre?"

"Vai tocar aquela música de novo?"

"Qual era a favorita dela?"

"Ela gostava de Beatles, só sei isso. Eu mesmo não conheço muita coisa deles."

"Não conhece Beatles?"

"Não, era ela que ficava me enchendo pra..."

"*Try to see it my way, do I have to keep on talking till I can't go on.*"

*

"Alô."

"Dimas?"

"É sim."

"Você foi o último cara que saiu com a Carla, não foi?"

"Eu o quê?"

"*Try to see it my way, do I have to keep on talking till I can't go on.*"

*

"Alô, Bruno? Você falou que a Carla é uma gostosa?"

"Você não acha?"

"A gente está falando da mesma Carla?"

"Minha amiga de infância é que não é. Eu seria incapaz de tocar nela. Em compensação, com a outra Carla, a gente fez coisas que nun..."

"*Try to see it my way, do I have to keep on talking till I can't go on.*"

*

"Marco Antônio?"

"Olha, eu não sei quem você é, se é irmão da Carla, se é amigo dela, se..."

"Isso é importante pra você, Marco Antônio?"

"Importante é você parar de me ligar..."

"Então eu vou..."

"... e parar de falar da Carla!"

"Eu sou o marido dela."

"Marido?"

"*Try to see it my way, do I have to keep on talking till I can't go on.*"

*

"Desculpa, Dimas, mas eu estava mexendo no iPad aqui da Carla e de repente eu achei..."

"De repente?"

"Eu achei uma lista e o seu nome tava lá."

"E daí?"

"E daí que depois do seu nome e do seu telefone, ela colocou a data de 6 de junho."

"Ontem?"

"É, ontem."

"Mas ontem eu não saí com nenhuma Carla."

"*Try to see it my way, do I have to keep on talking till I can't go on.*"

*

"Pensa direito, Teddy, eu vou te perguntar só mais uma vez: Carla ou Clara?"

"Não é possível!"

"*Try to see it my way, do I have to keep on talking till I can't go on.*"

*

"Alexandre, qual é a música que a Carla falava que mais gostava dos Beatles?"

"Já te disse que eu não conheço muito os caras..."

"Você ouve o quê de música então, Alexandre?"

"O que isso tem a ver com..."

"Eletrônica, né, você deve gostar de música eletrônica."

"Você vai querer tentar adivinhar do que eu gosto agora, vai?"

"Eletrônica, DJ sei lá quem, essas coisas..."

"Só porque eu conheci a Carla numa rave?"

"*Try to see it my way, do I have to keep on talking till I can't go on.*"

*

"De novo?"

"É sobre a, hum, Lota."

"O que tem a Lota?"

"O nome dela é Carla."

"E daí?"

"E daí que ela é minha mulher."

"O quê?"

"Ela nunca falou que era casada, Márcio?"

"O quê?"

"*Try to see it my way, do I have to keep on talking till I can't go on.*"

*

"Alô."

"Como é o nome da mulher com quem você saiu ontem, Dimas?"

"Ah, pelo amor de Deus..."

"Não é Carla?"

"Deve ser, ela falou mas eu não me lembro."

"Ela falou mais alguma coisa?"

"O que você tem a ver com isso?"

"Falou que era dentista?"

"Falou."

"Falou que era casada?"

"Casada?"

"*Try to see it my way, do I have to keep on talking till I can't go on.*"

*

"Flávio."

"Olha, eu tô ocupado, eu nem te conheço, eu fiquei com essa Carla já tem quase seis meses e eu não tô nem..."

"*Try to see it my way, do I have to keep on talking till I can't go on.*"

*

"Dimas!"

"A Carla não dormiu em casa ontem."

"Cara, desiste, eu não vou mais te atender."

"Ela dormiu com você ontem, Dimas?"

"É pra encerrar a conversa?"

"Depende da sua resposta."

"Então tá! Ontem eu dormi com uma mulher sim, uma mulher linda, uma mulher que eu acho que se chamava Clarice, que eu nem achava que fosse dar em alguma coisa, e não seria a primeira vez que eu iria para casa sozinho daquele lugar, mas ela foi extremamente sedutora, primeiro com o olhar e depois com a sua história, que no começo parecia mais um desabafo chato de fim de noite, mas que foi ficando interessante a partir do momento em que ela me disse que é casada, mas que é tão infeliz nesse casamento que fica procurando qualquer motivo para pular fora, que ninguém consegue imaginar o quanto ela se sente mal, que apesar de ela ser essa mulher incrível na cama, o marido dela nem encosta nela, que ele nem acha ela bonita, muito menos gostosa, que o relacionamento deles é uma espécie de obsessão, que começou como uma coisa bem legal, os dois eram músicos, os dois gostavam dos Beatles, mas que ela precisava seguir com uma profissão, então foi ser dentista, e que o marido ficou insistindo na carreira de músico, mas nunca conseguiu formar uma banda que fosse pelo menos medíocre, e que mesmo depois que eles tiveram um filho, o Artur, quando ela achou que o marido ia dar uma virada, ele foi se afundando cada vez mais nessa loucura de música, disse até que ele achava que poderia ser o novo John Lennon, e ela então começou a cuidar da sua vida, e ontem ela veio cuidar da minha. E posso te garantir uma coisa: depois que eu deixei ela falar, falar bastante, ela cuidou muito bem de mim..."

"Ela disse tudo isso?"

"Você por acaso é o marido dela?"

"*Try to see it my way, do I have to keep on talking till I can't go on.*"

*

"Carla?"

"Oi, meu amor!"

"Chegou bem aí?"

"Ai, você sabe que eu detesto viajar à noite..."

"Você esqueceu seu iPad em casa."

"Eu percebi."

"Quer que eu mande pra você, meu amor?"

"Não, deixa aí mesmo, amanhã eu já estou de volta, lembra?"

"Querida, eu não lembro nem mesmo onde é esse congresso que você tá..."

"Normal..."

"Volta logo, Carlinha..."

"Quando você me chama assim é porque quer alguma coisa..."

"Cacá..."

"Ih, é um favor dos grandes... Manda..."

"Lota..."

"Não gosto desse apelido, você sabe!"

"Clara..."

"Esse então eu detesto!"

"Não fica brava. Posso colocar uma música pra você?"

"O velho truque de colocar uma música pra acabar a discussão..."

"Você me conhece... Ouve só um pouquinho?"

"Tudo bem..."

"Mas antes, deixa eu me despedir de você. Já dei um beijo no Artur, ele vai ficar bem até amanhã quando você chegar. Só falta eu dizer tchau pra você."

"Mas despedir do quê?

"De você, de tudo. Despedir, Carla, simples assim."

"Simples assim? Sem mais nem menos, sem nada? Você e sua mania de ver as coisas só do seu jeito. Não quer conversar? Dar um jeito nas coisas?"

"Igual na música?"

"Que música?"

O bolachão do Help pela Cristiane

Godofredo de Oliveira Neto

Help, I need somebody,
Help, not just anybody,
Help, you know I need someone,
Help!
"Help!", Lennon-McCartney

É claro que se deslocar assim para uma grande capital europeia em busca de um fetiche não era coisa trivial. Mas o cheiro do seu suor valia o esforço (sem falar naqueles olhos!). Ela traga a gente, desfibra nossos sentimentos, dela poreja sempre uma lascívia desvairada.

Grana para a passagem arrumada numa jogada ilegal na Bolsa (me dou o direito de não dizer que tipo de operação foi, mas, fiquem tranquilos, ninguém morreu... rsrsrsrs), um empréstimo a fundo perdido da velha gata há anos caidinha pelo macho "vigoroso e suave como nunca tinha visto" (palavras dela mesma, mas no fundo o que ela pagava era a minha juventude), uma outra soma conseguida com uma tia para o hotel na capital italiana e, principalmente, o dinheiro levantado com a venda do carro quase zero (é de fim de 2010, modelo 2011) com um objetivo mais do que específico. Rio-Roma-Rio, voo direto. Mais exatamente da Tijuca, rua Conde de Bonfim, a uma esquina da Via dei Giubbonari, na região central de

Roma. No subsolo de uma boate latino-americana de salsa, merengue e samba para nostálgicos do sol, de mulatas e de turismo sexual, funcionava um antiquário especializado em livros e discos, com entrada separada da casa de shows. Lá estava o Giuseppe, e com ele o disco.

Para alguém com 21 anos mas com experiência de vida no estrangeiro como eu — um ano como garçom em Miami e um ano como recepcionista de hotel em Amsterdã — a viagem não era problema. Cristiane foi me dando os detalhes aos poucos. Sei que era um capricho dela, mas acabei por mergulhar de corpo inteiro nos seus desejos, agora também meus. Cristiane, quando quer, convulsiona a natureza, seu olhar miscigena a doçura do quindim e a peçonha da jararaca. Impossível ficar indiferente a ela.

O italiano gordo, velho e pau-d'água, empregado aposentado de uma companhia de seguros, tinha vindo ao Brasil pela quarta vez sempre com o mesmo propósito: prazeres do corpo, detalhava Cristiane. Mas essas viagens com uma turma de aficionados custava caro. O real é forte, gringo gatão, cai na real... rsrsrs. Ele balançava a cabeça concordando comigo, continuava ela as suas explicações pormenorizadas. Eu a ouvia, compenetrado. Cristiane franzia a testa quando me descrevia o cenário. Em outubro de 1965 os Beatles tinham feito um show em Roma e o jovenzinho da primeira fila chamou a atenção do conjunto (parece que, na época, se usava esse termo para dizer "banda"). O álbum *Help!* na mão, o rapazote se arrancando os cabelos, os olhos azulados saindo das órbitas, a camiseta com dizeres pedindo paz e arte no mundo, os gritos de bravo, a letra de cada música sabida de cor e salteado. Teria sido John Lennon o primeiro a tomar a iniciativa, continuava narrando Cristiane, os olhos verdes arregalados. Ele escreveu no centro do LP do fã pacifista com a camiseta vermelha uma dedicatória com frases derramadas e românticas endereçadas ao jovem. Ringo Starr, Paul McCartney e George Harrison também assinaram embaixo. Giuseppe endoidou naquele dia, e acho que não parou mais, avaliou Cristiane, apertando o meu antebraço na tarde em que narrou a sua aventura. O cara ouvia a faixa "Help!" umas trinta vezes por dia, anos a fio. O disco original autografado ele deixou bem guardadinho no armário. Help, I need somebody, Help, not just anybody,/ Help, you know I need someone!, Help! A música mexe comigo lá dentro até hoje, entende, Alexandre? É maravilhosa, não me sai da cabeça desde o primeiro encontro com o Giuseppe, quando ele me contou a sua história. Giuseppe comprou um CD dos Beatles em Copacabana com as mesmas músicas do seu disco e deixava tocar o dia inteiro. Como você e eu também ouvimos no computador, Alexandre. E agora que você me arrancou dessa vida, tenho certeza de que a gente tem que comprar o álbum do Giuseppe, e não é porque estou grávida, não. Não se trata desses desejozinhos idiotas não. Era como um presságio, Alexandre. Foi a música que mudou a minha vida. Agora a gente vai se casar, vou terminar a faculdade de Nova Iguaçu, pedir transferência aqui mais para perto, e a Mariana vem por aí. Na quarta viagem ao Rio o Giuseppe trouxe o LP de vinil autografado pelos quatro Beatles para vender no Brasil. Fui com ele a um antiquário na rua do Lavradio. O que eles ofereceram dava para pagar dez viagens Roma-Rio-Roma com hotel em Ipanema. Mas convenci ele a não vender. Já era o destino! Ele acabou voltando com o disco para a Itália. Os euros que tinha davam para pagar o hotelzinho de quinta na Lapa, onde se hospedou. O problema é que o turismo sexual do Giuseppe se transformou em amor verdadeiro logo no primeiro encontro. E por quem? Por mim, óbvio!!!

Sentir-se culpado? Claro, ele comentava a situação sem parar, ainda mais por conta da minha idade. Ciúmes? Loucos!!! Vontade de me levar para a Itália? Falava disso todos os dias! Quando me conheceu pela primeira vez, em 2009, eu tinha 19 anos, nos encontramos mais três anos seguidos, ele vinha só para me ver. Eu já era maior de idade mas mentia dizendo ser menor. Isso atiçava o desejo dos turistas; ele também embarcou nessa canoa, mas não esperava o véu do sentimento escorrer peito adentro (Cristiane não raro deixava escapar imagens melosas quando me contava histórias, como essa do véu). Festejamos a minha "maioridade" no segundo ano, num restaurante do Leblon. Ainda agora tem muito marmanjo por aí que acha que eu sou menor, Alexandre, você sabe muito bem disso. E acabo curtindo a coisa. Tua irmã diz para todo mundo que eu tenho complexo de Peter Pan, quando a Mariana nascer vou me encarar. Mas foram os acordes do "socorro! Eu preciso de alguém" de Help! que me tiraram da depressão, me fizeram te encontrar, Alexandre, descobrir o que é o sentimento amoroso. Os e-mails do Giuseppe são diários, "Help!" também o fez conhecer o amor na velhice — ele nunca se casou —, ele diz guardar o álbum como se fosse um objeto santificado, que vai me esperar para sempre, que no ano que vem vai voltar. Já enviei mil mensagens comunicando ter mudado de vida, ter um noivo, dei até o teu nome: Alexandre. Troquei o número dos telefones por causa disso, ele passou a me ligar diariamente após a instalação de um sistema para telefonemas a custo zero.

O hotel reservado pela Cristiane via internet, perto da tal Via dei Giubbonari, era caidinho, com uma escada interna de madeira toda torta, a ranger a cada pisada da gente nos degraus carcomidos. Eu estava ali só por poucos dias, mas veio de novo a pergunta: Pô! Não é um puro capricho dela? Para que toda essa trabalheira e toda essa grana jogada fora? Superstições da Cristiane? Crendices? Não é muita encenação e investimento para pouco retorno? O que que eu estava fazendo ali, Dio Santo?

No quarto ao lado vivia uma brasileira de Goiânia, diarista na casa de uma rica família romana, como logo soube. Morena alta, traços delicados, olhos amendoados, mistura de negro com índio, tipo manequim. Pensei na Cristiane, do mesmo biotipo da vizinha, só que baixinha, o cabelo esticado, pele mais negra, olhos verdes como a copa das palmeiras do Jardim Botânico do Rio. A goiana — Ana Cláudia, se chamava — acabou no meu quarto na primeira noite (não sou santo!). Arfou, gemeu, suou, suspirou, me chamou de príncipe veneziano. Como vocês, também não entendi por que essa alcunha, já tinha com certeza a ver com as suas referências culturais europeias. Gostei dela e do seu cheiro. Mas o tempo todo pensei na Cristiane, senti saudades daquele suor afrodisíaco. Entendi que estava em Roma por ela e para ela. Ana Cláudia apareceu apenas para confirmar o meu amor. Minha paixão infrene por aquele suor e por aqueles olhos cariocas. Valia a pena. Bola pra frente!

Foi moleza encontrar a loja no subsolo e o Giuseppe. Mas principalmente ouvir a música altíssima dos Beatles que tanto mexia com a Cristiane e comigo (e com o Giuseppe, claro!).

— Eu sou o Alexandre, da Cristiane. Ela manda um abraço.

Giuseppe abaixou um pouco o volume, tinha as mãos meio tortas, Cristiane não tinha me dado todos os detalhes. Vestia camiseta branca sem mangas, os pelos das costas, já brancos, rendilhando a costura da malha, um jeans surrado, com a marca Lee à vista. Calçava um tênis verde e amarelo berrante. Levava o Brasil nos pés.

— Você é quem? — perguntou ele num português com pouco sotaque.

— O Alexandre da Cristiane, do Rio de Janeiro — repeti.

— A gente quer comprar o disco autografado pelos Beatles. Trouxe o dinheiro, calculamos o valor que eles tinham oferecido no antiquário lá no Rio. Está no quarto do hotel. Vinte mil euros (quase o dobro do que lhe propusera o lojista da Lavradio).

Ele deu uns passos para trás, voltou, chegou mais perto de onde eu estava plantado, examinou a minha roupa (foi a impressão que tive), recuou de novo, mexeu em alguns livros, falou no celular. Será que o celular pegava mesmo ali dentro? Pensei no meu no bolso do paletó, mas, pô!, outra encenação, fingir que o aparelho estava vibrando? Giuseppe desligou, voltou a examinar uns papéis. Esquecera da minha presença? Olhei os detalhes da loja. Parecia uma enorme cave para vinhos, de teto baixo, as pedras cobertas por cartazes dos anos 1960. À direita de quem entrava na loja sobressaía uma foto enorme do Lennon tocando guitarra. Um cartaz, à esquerda, exibia a praia de Copacabana ensolarada, as vagas pétreas do calçadão provocando uma ondulação que te carregava junto. Focos cintilantes recamavam o verdeio das ondas. Vontade de mergulhar no Rio de Janeiro e sair daquela situação bizarra. O que eu devia fazer? Repetir a frase inicial? Ir embora? Será que esse Giuseppe não é meio pirado? Há quanto tempo eu estava ali, imagem congelada de medo e de estupefação? Em alguma daquelas pilhas de discos estaria o LP autografado? Não. Claro que não. A Cristiane disse que o álbum original está bem guardadinho num armário de casa!

— O disco. A gente quer comprar — consegui reagir e resumir, pausadamente. Entende, Giuseppe?

A pronúncia do seu nome o despertou do insólito encontro.

— Esse disco, o bolachão — (alguém no Brasil provavelmente tinha se referido nesses termos ao LP) — está esperando a Cristiane na Itália. E daqui a pouco fecho a loja, não disponho de muito tempo para conversar — resmungou, dessa vez com sotaque supercarregado.

— A Cristiane será minha esposa em breve, e está grávida, teremos uma filha ainda este ano — insisti. — Quer falar com ela no celular? — perguntei exibindo o aparelho prateado.

Ele chegou ainda mais perto de mim, senti no pescoço o ventinho saindo de suas narinas. Um hálito de álcool me lambuzou a cara. Procurei os olhos azulados do jovem fã por trás das grossas lentes dos óculos. Pensamentos lúgubres. De morte? De destruição? Ou simples dor saída do recôndito do peito estorvado? Da inveja estúpida? O que estaria sentindo aquele senhor?

— Quer mesmo o *Help!*? Então troco o bolachão pela Cristiane — gritou ele, me encarando, o sotaque ainda mais acentuado.

A frase soou tal um insulto. Agressiva, insolente e desaforada. E pôs à prova, ao som de "Help!", o meu carinho por Cristiane. Prefiro não comentar o que fiz ao velho (desculpem, ele não é tão velho assim, mas na hora do tapa me pareceu).

Voltei sem o disco. Mas com a grana. Restituí o dinheiro devido, rompi definitivamente com a "velha gata" (sei que já devia ter rompido antes, não sou santo, como disse há pouco), e a Cristiane sossegou. Considerou ter feito o possível. Pagou assim a sua penitência, como gosta de repetir. Sempre achei que, para ela, a minha ida a Roma foi uma maneira de devolver dinheiro ao italiano. Para Cristiane, Giuseppe entendeu. Pelo menos o teor do último e-mail era de despedida, segundo ela.

O Vecchio que arrume outra por lá... rsrsrsrs! Não é um pensamento muito nobre da minha parte, concordo. Mas é o que penso. O amor me acalma e endouda (já li esses versos em algum lugar).

Mariana vai nascer ouvindo "Help!" no enleio sinestésico do quarto róseo já decorado com um imenso pôster dos Beatles vestidos com capote azul, os braços erguidos, três deles com chapéus da mesma cor do traje (só McCartney está sem nada na cabeça). Now I find I've changed my mind, I've opened up the doors.

Ticket to write

Lúcia Bettencourt

I think I'm gonna be sad...
"Ticket to Ride", Lennon-McCartney

Dear Sir, or Madam, will you read my book?
Comecei a escrever esta história há muito tempo, na maternidade talvez. Ou mesmo quando ainda flutuando no líquido amniótico, algum estímulo elétrico, alguma combinação química tenha iniciado uma impressão nos códigos estampados na espiral de minha identidade. Fui eu que escrevi, mas, na verdade, já estava escrito (Maktub). Esta criança que é hoje um velho, com cabelos (tão poucos) já quase todos brancos por baixo das loções aplicadas com habilidade, nasceu assim, com o gosto das palavras e o desgosto das ações. Nasci para inventar uma vida, já que vim inábil, incapaz de vivê-la. E a história nasceu comigo, e foi me contando, embora fosse eu a escrevê-la.

It took me years to write, will you take a look?
Naturalmente, levei muito tempo para escrever este original. Não pense que estas folhas amareladas são o fruto de um projeto apressado. Foram anos e anos que laboriosamente levei construindo, uma a uma, primeiro as letras que aprendi a usar, juntando-as em sílabas, em palavras, em frases incompletas, em orações insuficientes. Em parágrafos longos, ou curtos

demais, aprendi a revelar ideias e pensamentos, próprios ou emprestados e tão retrabalhados que parecessem coisa de minha própria lavra. O que seria meu em todo este calhamaço? Nem mesmo a caligrafia, pois escrevo num computador e a cada hora aperto a tecla que me permite salvar o que me habituei a chamar de *meu livro*. Seria realmente meu? Onde está o meu retrato, minhas impressões digitais, meu selo?

It's based on a novel by a man named Lear...

Deixe-me contar um pouco da história, para atiçar sua curiosidade. Ele se baseia num romance. Não, isso não é verdade. Meu livro se baseia num conto. Não, ainda não estou sendo preciso. Baseia-se num poema, ou letra de música, não sei bem a diferença. Como está cantado, deve ser letra. Mas sou incapaz de cantar. Desafino ao falar de amor, principalmente ao falar de amor não correspondido. Então recito, enquanto os outros cantam. Eu repito o refrão e minha voz sai cada vez mais baixa, mais abafada, a garganta se fechando em espasmos, ressecada. Meu diafragma perde o compasso da respiração e eu sufoco no meio da frase, que repito, repito, repito... "Meu amor nem liga." Embora meu livro esteja preso a essa única frase — "meu amor vai me deixar, mas nem liga" —, em minha cabeça uma verdadeira tempestade elétrica bombardeia meus neurônios e outras letras de música se combinam e intensificam minha dor. "Ne me quitte pas"; "e seu olhar era de adeus"; "és página virada"; "life goes easy on me, most of the time". Com timbres diferentes, com ironias ou desesperos, a história é a mesma de sempre: o amor se vai, o amor acaba e no final sobra o desespero. Mas ainda é cedo para falar em desespero. Afinal, comecei a escrever a história há muito tempo, meus cabelos ainda eram abundantes e, como estava na moda, encompridavam-se, caindo pelas costas, cobrindo minha testa e meus olhos.

And I need a job, so I want to be [...] A paperback writer.
O livro começa junto com a minha juventude. Rapaz bonito e alegre, ousado. Mas, como já disse, incapaz de viver pela ação, tudo o que sempre soube fazer era contar. Contar-me. Mesmo quando contava o que se passava com os outros, aquilo era filtrado pelo meu olhar, permeado pelo coquetel químico que havia deixado suas marcas na minha assinatura genética, ainda dentro do útero ou proveta que me gerou. Pois com que segurança podemos dizer, hoje em dia, que nascemos no calor das trompas e no caos dos ventres? Posso muito bem ter sido fruto de uma reunião asséptica de células, estimuladas a se unir e se multiplicar no frio e transparente vidro laboratorial, sob a mira de óculos semiembaçados. Não, na verdade sou velho demais para ter sido gerado assim. A era dos laboratórios chegou bem depois, portanto sou um homem sujo, gerado ao acaso pela interação de duas genitálias, criando-me num ventre onde tive que disputar espaço com colônias de bactérias e dejetos, sangue, linfa, urina e gordura.

It's the dirty story of a dirty man.
Então eu, homem sujo, nascido incapaz para a ação, munido apenas de palavras, cheguei à minha juventude cheio de sonhos, e com meus hormônios em alta. Descobri uma mulher, entre todas as outras que habitavam o mundo — o meu pequeno mundo composto de uns vinte e poucos quarteirões —, que me pareceu a mulher ideal, a mais bela. E ela, no entanto, era uma mulher comum. Jovem, carne ainda no lugar, sorriso imperfeito, como eram os da época, os dentes ligeiramente irregulares, uma covinha apenas no lado esquerdo da face. Duas covinhas sobre as nádegas, que me deixavam enlouquecido em minha pequena e ainda casta cama de solteiro, e que me levavam a situações incômodas na praia. Havia muitas garotas iguais a ela. Todas usavam o mesmo biquíni, de pano, como

era moda. Sutiã de cortininha cobrindo os peitos minúsculos, quase retos. Os cabelos eram longos, brilhantes, de pontas queimadas de sol, e ela tomava cuidado para levantá-los num coque que evitasse a feia marca branca nas costas e na nuca. Marcas brancas, só as das alças do biquíni, que ela gostava de exibir em decotes amplos que escorriam sobre seus ombros magros, que sempre me pareceram salgados.

It's a thousand pages, give or take a few.

Não creio que precise lhe contar os detalhes do desenvolvimento desta paixão. Ela cresceu aos arrancos, como todas as paixões. Num dia acreditava que ela era a mulher de minha vida. No outro, implicava com seu queixo, ou descobria um cravo perto de sua boca e me desinteressava. Mas eu era o homem, sujo ou não, e nessa época me julgava superior. Um homem era um Homem! Tinha direito de escolha. Tinha o mando. Eu era O Homem, ela era "apenas uma mulher". Mas as mulheres estavam se modificando, nesta época. Muitas ainda suspiravam pelo casamento, por um marido que as sustentasse e que lhes fizesse dois ou três filhos; que fosse gentil e educado, dono de um emprego estável que lhes permitisse sair algumas vezes para um cinema, e que as levasse em seus conjuntinhos de blusa e casaquinho, devidamente arrematados por um colar de pérolas, para conhecer sua família e receber a bênção e aprovação da megera da sogra. Os tempos eram de mudança, porém. Minha garota preferiu vestir uma minissaia, botas e pintar cílios no rosto, como se fosse a boneca Emília. Não admira que meu livro tenha mais de mil páginas. Ou talvez um pouco menos. São muitas as histórias que, inspiradas na canção de desamor, eu precisei rememorar. Mas, entre todas as canções de amor que se infiltraram entre as de desamor, posso lembrar que cantarolei "que tudo mais vá para o inferno", "tu vas et tu viens, entre mes reins", e "elle était femme".

I'll be writing more in a week or two.

Eram tempos loucos, aqueles. Era como esquiar numa montanha gelada pela primeira vez. Demandava coragem e estilo, e não era por acaso que o livro da ocasião ensinava que viver era muito perigoso. Era preciso ter ousadia. Uma cartola colorida sobre os cabelos longos demais. Um sutiã queimado em manifestação. Flores no cabelo. E o domínio das pílulas! Sem que eu soubesse, minha garota já estava com sua cartelinha, escondida na bolsa, entre livros de Marx e de McLuhan. Na mesma bolsa onde ela guardava o baseado e o ácido. Ela não temia a ação. Tomava as iniciativas. Experimentava e depois me oferecia, atrevida. Ninguém sabia bem o que estava fazendo, mas o novo nos fascinava. O passado cheirava mal, putrefato em guerras e em repressão. Queríamos o novo, que era o amor, que era a paz. Mas o novo era a montanha que, escorregadia, nos fazia cair e rolar ladeira abaixo, sem freio. Nenhuma garantia, nenhum caminho trilhado anteriormente. Na neve branca e sem marcas de passos, descíamos, velozes, imitando pássaros. Mas "eu era apenas um rapaz, latino-americano, sem dinheiro no bolso"...

I can make it longer if you like the style.

... e o veneno do ciúme começou a circular nas minhas veias. Quem era aquela garota, capaz de mentir para os pais, e carregar na bolsa os sinais de sua emancipação? Definitivamente, ela se distanciava da menina de meias três-quartos e kilt que eu tinha vislumbrado do outro lado da sala, e a quem eu tinha ido chamar para dançar, com o coração aos pulos. Ela tinha jurado me ser fiel, mas o que ela era em verdade, era uma mutante, reinventando-se a cada dia. Dançava sozinha, no meio do salão, me dispensava. Por mais que eu percebesse que a moça estava diferente, era com ela que eu teimava em sonhar, era a risada dela que eu queria escutar, e, no escuro, com o som muito alto nas caixas, a gente se deixava levar, cada um num passo diferente, e enquanto ela jogava os cabelos para trás cantando "crimson and clover, over and over", eu ficava remoendo o espanto do início — "Ah! Now I don't hardly know her, but I think I could love her". Eu nem a conhecia direito, mas achava que a amava... E era tão bom quando ela finalmente olhava para mim, mas seus olhos tinham ficado vidrados, pareciam caleidoscópios, onde eu me deformava e me repetia, incompleto, ao infinito.

I can change it round 'cause I want to be a paperback writer.

Desconfio, porém, que meu livro esteja começando a cansar o senhor ou a senhora. Editores tão requisitados não vão querer perder seu precioso tempo com um aspirante a escritor que repete ainda mais uma vez suas reclamações a respeito de sua amada. Ela mudou, como mudaram as mulheres da época. Eu a queria do meu lado, me agradando, me fazendo as vontades, e ela se impacientava, me escapava entre os dedos, escorregava pela montanha gelada e me deixava sozinho. Tudo parecia uma grande diversão, mas era a hora do crepúsculo. Viver parecia fácil, se mantivéssemos os olhos fechados — "living is easy with eyes closed, misunderstanding all you see". E eu não entendia, embora ela fosse direta e me dissesse que viver comigo a deixava deprimida. Ela "nunca seria livre ao meu lado", foi o que me disse, arrumando suas coisas para sair.

If you really like it you can have the rights, it could make a million for you overnight.

Acredito, caro senhor, ou senhora, que este meu livro pode lhe render uma fortuna. Histórias de desamor são populares, principalmente quando são assim banais. Nada de complicado, nenhuma literatice. Esta minha história pode ser facilmente adaptada para um roteiro de filme, um filme mostrando como as mulheres mudaram, e deixaram a nós, os homens, desamparados, sem saber o que fazer com nossos orgulhos e majestades. De princesas encantadas, elas passaram a margaridas, aparecendo com suas pétalas abertas e viçosas, desafiantes, trazendo nas mãos uma passagem só de ida, no rosto um sorriso. No coração todos os medos bem guardados, e a coragem de tentar o novo. Meu amor me deixou, e ela não estava chorosa. Ela seguiu eufórica, com um "ticket to write". Pegou nossa história e escreveu seu primeiro romance. Não se parece com o meu, é a interpretação feminina da nossa história, cheia de coisas complicadas, metafóricas, como as letras de "MacArthur Park" e até de ideias políticas, "somos todos iguais, braços dados ou não". Que quer dizer essa história de deixar um bolo na chuva? Tudo se derrete, até os relógios. Não dá para fazer a hora! Na verdade, as horas se estendem indiferentes e no final só o que resta é… Não sei bem o que resta. O que resta é esse desejo de reescrever a vida e tentar recuperar o passado. Ela é uma boba, pois são todos iludidos, aqueles que pensam que ser antenados os leva a algum lugar ("It's a fool that plays it cool by making his world a little colder"). O mundo é uma montanha gelada e escorregadia. Sem amor, sem uma mulher amada, não podemos ser heróis. Somos crianças cambaleantes. E eu grito, ainda: "Volte para o seu lugar!" — "Get back to where you once belonged!" Mas ela não liga. "My baby don't care."

If you must return it, you can send it here.

Bem, se por alguma razão vocês não aceitarem meus originais, podem me fazer o favor de devolver? Mas creio que meu livro pode ser um best-seller. E repito: se vocês comprarem os direitos, podem acabar milionários.

But I need a break and I want to be a paperback writer.

E, afinal, por que é que não posso ser um escritor? Sou um escritor, já vim com essa marca em meu DNA. Um escritor de livros fáceis, de comunicação direta, com uma história singela pontuada pelas canções que embalaram minha derrocada. Minha vertiginosa descida pela neve. Minha história sobre estes pássaros que aprenderam a voar...

Ruídos

Carola Saavedra

Michelle, ma belle
Sont les mots qui vont très bien ensemble
"Michelle", Lennon-McCartney

O euskera é um idioma cuja origem é um mistério. Segundo alguns estudiosos, ele seria aparentado com o finlandês e o húngaro.

* * *

— E como era o filme?

— Bom, o filme começava assim: uma mulher muito bonita sentada num banco de praça.

— Um banco de praça numa praça?

— Justamente, um banco de praça numa praça.

* * *

— Vó?

— O que foi?

— Como é ser cego?

— Eu não sei, filho.

— Mas se você que nasceu cega não sabe, quem mais vai saber?

— Justamente.

— Justamente o quê, vó?

* * *

— Ela era húngara.

— Húngara?

— É, húngara, da Hungria, aquele país, sabe?

— Não é isso o que eu perguntei.

— E o que você perguntou?

— Eu perguntei, como vocês faziam.

* * *

— Não por isso, podia ser um banco de praça num estádio de futebol.

— Hein? Mas que diabos estaria fazendo um banco de praça num estádio de futebol?

— Não sei, mas era um filme, e se era um filme, o banco poderia estar em qualquer lugar.

— Não, não poderia não.

* * *

— E eles tiveram cinco filhos, à mais velha deram um nome francês.

* * *

— Há uma lenda que diz o seguinte: um dia o diabo chegou ao País Basco, mas como depois de alguns meses continuou não entendendo absolutamente nada do que aquele povo dizia, resolveu continuar viagem rumo a Castilha.

— Você está inventando isso.

— E por que eu inventaria uma coisa dessas?

* * *

— Vó?
— Sim.
— Como você sabe se as coisas são bonitas ou feias?
— Elas são bonitas quando combinam entre si. E feias quando não combinam.

* * *

— Era um filme realista, e não um tipo de ficção científica.

* * *

— Ela era linda.
— Mas você não entendia metade do que ela falava.
— Justamente.
— Justamente o quê?
— Isso a fazia ainda mais bonita.

* * *

— Por que você está falando assim comigo?

* * *

— Então, como eu te dizia, estávamos sentados no banco, uma vista linda lá de cima. Ele segurou a minha mão com força, parecia que ia me dizer algo importante.

* * *

— O euskera, ao contrário das línguas românicas, é um idioma aglutinante. Uma língua aglutinante pode conter até sete morfemas por palavra.

* * *

— Respirou fundo, me olhou fixamente, e começou a falar.

— E você?

— Eu nada, tentei corresponder, sorrir. Ele tem uma voz rouca, muito sexy, sabia?

— Não, não sabia, como é que eu vou saber, nem o conheço.

— É verdade, mas é o que te digo, uma voz arranhada.

— E o que é isso, uma voz arranhada?

— É, dessas que parecem uma barba por fazer.

— Ah, tá. Mas e aí?

— Aí, nada, ele falou, falou, falou durante vinte minutos, meia hora, já nem me lembro.

* * *

— E como era o filme?

— O filme era assim, uma nave marciana aterrissava no meio de um jogo de futebol, estádio lotado, televisão, jornalistas, todo mundo olhando espantado para aquilo, só os jogadores que continuavam jogando, afinal, oficialmente o jogo ainda não havia acabado.

* * *

— Mas e o juiz?

— O juiz nada, o juiz estava ali paralisado olhando para a nave e para as luzes que se desprendiam dela.

— Como assim, luzes?

— É, luzes que se desprendiam, feito fogos de artifício, só que não explodiam nem faziam barulho, um espetáculo incrível.

— Sei, mas e daí?

— Daí as portas se abriram e apareceram dois marcianos.

— E daí?

— Daí eles dominaram o mundo.

— Só isso?

— Como só isso?

— Mas que porcaria de filme, até a minha avó faria melhor.

— Eu gostei.

* * *

Segundo alguns estudos, "parece existir uma preferência evolucionária das línguas aglutinantes em direção às línguas fusionais, e daí para línguas analíticas, que por sua vez evoluem novamente para línguas aglutinantes".

***

— Outro dia, li em algum lugar que a expressão "não entendi nada, parece grego" varia de país pra país.

— Como assim?

— É que em espanhol, quando não entendem, as pessoas dizem que parece chinês, e em alemão, que parece espanhol.

— Onde você leu isso, numa enciclopédia?

— Não, um livro aí qualquer.

— E você acreditou?

***

A minha avó era húngara, mas a mãe, que havia estudado em Paris, quando ela nasceu, quis homenagear os anos tão felizes de sua vida e deu-lhe um nome francês. O pai da minha avó não gostou nem um pouco. Homem prático, porém precavido, achou que aquela homenagem traria para a vida que se iniciava lembranças de um passado do qual ele preferia não lembrar. Mas depois veio a guerra, eles tiveram que fugir com a roupa do corpo e ninguém mais falou em Paris.

* * *

— Vó?
— Sim.
— Mas como você sabe se as coisas combinam, como você sabe se um pinguim combina com uma gaivota se você não sabe como é uma gaivota nem como é um pinguim?
— Justamente.

* * *

Os finlandeses, assim como os alemães, usam a expressão "parece espanhol" quando se referem a algo incompreensível. Segundo alguns estudiosos essa expressão teria surgido quando os primeiros navegantes espanhóis, que na realidade eram bascos, chegaram à Finlândia.

* * *

— Mas o que é que você fez então?
— Eu nada, eu disse que sim.
— Mas sim o quê?
— Sei lá, sim qualquer coisa.

* * *

— Eu sempre gostei de filmes de amor.
— Já eu prefiro ficção científica.

* * *

Há uma teoria que afirma que o euskera é na realidade uma língua trazida por extraterrestres que teriam chegado ao norte da África por volta de 1200 a.C. Após sucessivas migrações eles teriam se estabelecido na região dos Pireneus.

* * *

— Eu sempre gostei de extraterrestres.

— Já eu prefiro as gaivotas.

* * *

— Você não me entende.

— Como eu não te entendo, a gente está aqui discutindo há meia hora.

— Justamente.

— Justamente o quê?

— Você não me entende.

— Mas o que você quer que eu entenda, afinal?

— Eu não sei, eu também não sei.

...love behind...

André Moura

> *Your day breaks, your mind aches,*
> *you find that all her words of kindness linger on*
> *when she no longer needs you.*
> *(...)*
> *And in her eyes you see nothing,*
> *no sign of love behind the tears*
> *cried for no one.*
> *A love that should have lasted years*
> "For No One", Lennon-McCartney

No esconde-aparece causado pelas pulseiras tilintantes, o "Lovely Rita" no braço de pintas tímidas. ...Nã, nã, nã, nã, a love that should have lasted years, ela chegou cantarolando. Curiosa para saber o que a mãe queria conversar, mas o sol chegou pedindo trilha sonora. Saiu atarantada do quarto do apart-hotel onde a mãe estava desde quinta... Cadê que lembrou que sempre execrou a Barra e seus "emergentes"? Tivesse lembrado, seria mais um argumento para maldizer o bairro. E tinha como pensar em algo que não fosse a mãe? O pai? No espelho do elevador, ela própria não reconhecia o rosto que via: lívido e crispado, era quase ver uma das figuras grotescas que emolduram a porta do quarto do filho Gui. Zumbilândia. Saudades dos cartazes de quarto de criança dizendo Disneylândia. E veio à tona a imagem da mãe: muda, apática.

Os passos em direção à saída do prédio eram dados por um resquício da programação cerebral anterior. Tudo agora fazia óbvio sentido, tudo encadeado, tudo, hoje, bem cedinho, a mãe, seca, dizendo ao celular: *"Rita, vem cá, preciso conversar"*. E depois, a primeira frase, antes dos beijinhos protocolares, *"Rita, não dá, decidi, vou me desquitar do seu pai, aquele filho da puta!!!"*, logo Vera, que nunca soltava um palavrão, nem na lendária ocasião em que o ferro de passar, guardado feito pinguim de geladeira, caiu no dedão do próprio pé, as meninas ainda novinhas. Mesmo Vera, sempre tão centrada, tranquila, cordata, cuidadosa demais com as palavras, entre a usura e o mutismo. Agora Rita via o quanto a mãe era infeliz. Por quanto tempo? Pode tamanha falta de coragem? Comodismo? Contra as contas, não há argumentos. Se antes era difícil, sempre dependendo financeiramente, agora com aquela idade... Totalmente irrelevante, mas a verdade é que por alguns momentos ficou presa na sonoridade do "desquitar", pensou por que a mãe não tinha dito divorciar, e claro, repensou, cada um se expressa no seu tempo, nas palavras do seu tempo. Rita tinha dessas besteiras de ficar delirando de olhos bem abertos, parados, vitrificados naquele "lugar nenhum". Lembrou do Marco, primeiro namoradinho, que uma vez brincou a chamando de "Nowhere woman" pela primeira vez. Tá, Marcos namoradinho, namoradão, marido, pai do Gui, ex-marido, amigo, ainda hoje motivo de ciúme do Lô, Lourenço, segundo marido.

Achei que ia te dizer que não tinha valido a pena. Não sou idiota de achar que minha vida não valeu a pena. A sua, Álvaro, é que não foi vivida por mim, pra mim. Mas por que é que eu deixei tudo seguir por tanto tempo? Ai, eu não tinha forças...

Virar uma vida, eu nem mesmo tinha uma profissão, tá, nossa geração foi de lutar pela gente, mulheres, queimar sutiã, o escambau, mas eu não sei, você não dava a força que precisava, e eu... aceitei. Em nome do casamento, das crianças, do que era mais fácil. Sei lá, reclamar era tão mais fácil e conhecido. Por pior que fosse... E tantos sonhos vão trocando de pele com o passar dos dias... Mas agora, não dá, é muita violência. Caramba, Álvaro, eu não vou morrer com esse amargor travado na garganta, eu ainda tô viva, já que minha vida não foi 100%, deixa eu tentar morrer sem levar esse peso, cara, não acredito como isso, um simples não, que depois virou um sim, pode ter feito da gente uma sombra, uma fraude, uma incerteza tamanha, uma vida germinada num talvez... E você pensava: porque talvez a Vera tenha mudado de opinião só por ter feito com outro e gostado...

A mãe se separar, com 68 anos, do pai, de 70, até que Rita encarava. Ela até fechava com a mãe, coberta de motivos. Mas justo 12 dias antes da festa de Bodas de Ouro deles? E toda a parafernália com A&V, Álvaro e Vera, em cada detalhe da portentosa festa que justo ela, porque **claro** que tinha que ser ela, a Lúcia nunca tinha tempo, ou por conta da joalheria ou das viagens acompanhando a namorada aeromoça, ih, agora deu branco no nome...

Ah, putaqueupariu, eu é que não acredito que você deixou as coisas apodrecerem assim, Vera?! Se eu tava errado, tão errado e por tanto tempo... Ah, agora é fácil dizer que eu sou o culpado, lógico, tudo o Álvaro, sempre o macho em minoria, quando você e as meninas juntavam... e vai me dizer que só agora você tem forças? Vai dizer o quê, que do nada, hoje, às vésperas da festa que a Ritinha tá fazendo pra gente, Vera, tu acordou forte, foi dormir Amélia e acordou Mulher-Maravilha?! Ah, não, não, não acredito!!! E agora, o que vai ser da gente? Sim, porque vai me dizer que você pretende ter um novo homem?! Porra, não vem me dizer que eu tô começando tudo de novo, como eu ia saber, você nunca quis, sempre dizia que não, aí, um belo dia, depois de trinta anos, trinta anos, Vera, não são trinta minutos, aí você decide que é tempo, resolve fazer, vem toda-toda, como é, me diz como é que eu não podia achar que não tinha homem naquela história?!!

... né, comissária de bordo? Ainda se fala desse jeito? Depois que a Varig ficou a ver navios... A irmã do meio, Ana, sempre acompanhando o marido, tanto zelo com o marido, perfil de mulher submissa, neo-Amélia, hoje em dia, amiga? E nenhuma paciência com os pais, irmão do meio sempre prejudicado, um *cazzo*, Lúcia era tolerância zero com toda essa coisa de cerimonial, que tudo bem, afinal ela, Rita, até curtia, mas e agora, a cara de tacho? Tinha passado quase um ano inteiro preparando, chamando gente do país todo, amigos, conhecidos e até parente que tá fazendo pós na Nova Zelândia?! Ai, a Tia Cristina vai me matar, o Serginho não podia gastar essa grana vindo, e agora, "ferrous", ele já veio...

We gave her everything money could buy... Depois de vibrar na bolsa, canta o celular: trechos aleatórios das canções dos Fab Four. Rita não sai do transe, entra no elevador. Novos acordes, Rita ainda sob o transe. Lô — Lourenço, seu marido — liga de casa, querendo saber notícias da conversa dela e da sogra. Afinal, ao convocar a filha, sua sogra parecia a agonia encarnada. Ela fala rápido, tá com um nó na garganta, represando o choro, quer muito é contar para ele já amparada por seu abraço, não sozinha... Help! Novo toque. I need somebody! Rita absorta. ... Get my feet back on the ground... My independence seems to vanish in the haze. Quando sai do transe, a primogênita de Álvaro e Vera vê a ligação perdida. A irmã caçula, Lúcia.

Hoje o que mais odeio em você, Álvaro, acho que nem é o seu egoísmo, a sua falta de preocupação comigo, tipo sempre ligar o foda-se, não era assim que você dizia?, o fato de você ter desconfiado de mim, ai, eu tô tão cansada, minha cabeça dói tanto, ter desconfiado tanto de mim e ter acreditado mais na sua suposição do que na minha verdade, hoje, com as meninas adultas, o que mais destroça por dentro, e acho que foi, é, foi isso que veio à tona, com as lembranças que o show do Paul em maio, no Engenhão, foi o fato de não respeitar nem a nossa música... Com tudo eu aguentava, todos os trocadilhos infames, tá, eu gostava de muitos, tá, também foi o que me fez me apaixonar por você, mas sempre, sem parar? Acho que você tinha era medo do silêncio... Mas você nem se importou que era nossa música, de quando a gente se conheceu, na casa do Gustavo, e tocou no nosso casamento, e depois, a comemoração dos nossos 25 anos de casados, em Liverpool e Londres... Eu tava ainda apaixonada, mas você não entendeu e se espantou quando eu concordei com o seu eterno pedido, ai, que ódio, bora fazer um "love behind", brincadeira tem hora, tinha que ser ácido, tinha que ser "transgressor", vinha com aquele papo, perco a mulher mas não perco a piada, começou a perder naquele dia, só porque eu te disse não, pronto, armou um bode preto, de mau humor o resto da viagem, nem quis tirar a foto na Abbey Road... mas nada era sagrado, né, Álvaro?, e me acusava de inflexível, rígida, frígi... Foi você que não entendeu, não entendeu o quanto custava para mim, tá, era só um gesto, era só um sim, uma região do corpo como outra qualquer, mas era a minha criação católica, sei lá, na minha cabeça era coisa de puta, quequieu posso fazer?, demorei, sim, um tempo para aceitar, quebrar a couraça, sei lá... Só pra você, é, eu não tinha... ai, que cansaço, voltar tudo isso agora, tá, tá, tá, chega... tá tudo estragado, é, é, rancor, só na sua cabeça é que eu teria

*a capacidade de mudar de ideia sozinha, tinha que ter alguém
para fazer a minha cabeça, sabe o que é isso, você não foi capaz
de me dar um crédito de confiança nem ver o esforço, o gesto de
amor por você... Tinha que ser crítico, fazer piada de tudo, de
todos, pois afinal, se você dizia que até o John tinha aburguesa-
do depois da Yoko, morando em Nova York... A working class
hero is something to be, você cantava, irônico...*

Enquanto só pensava em vencer o trânsito e chegar em
casa para acabar de desabar nos ouvidos de Lourenço todos os
punhais presenteados pela mãe, toda a amargura embolora-
da, azedada por anos a fio, Rita se pegou perplexa em pensar
como uma mera conversa pode ter o poder de retirar, de uma
só vez, o chão e o céu, o pé e a mão de uma pessoa. Lembrou
do amigo que sempre falava que pai e mãe eram uma merda, já que são mesmo pé e mão da gente. E não dá para fazer
test-drive. As bobagens que a gente releva por amizade. E por
amor? Ai! Como ela pôde ter sido tão idiota de ter acreditado
tanto numa frase que, no fundo, nunca passou de um slogan
genial, nada além de uma ilusão de mercado, que porra de all-
you-need-is-love-o-quê? Olha onde eles chegaram agora? Velhos. Perdidos. Todo o tempo vivendo uma mentira. E agora
que resolveram encarar a verdade, o que sobrou? A verdade é
o vazio. E continuar na mentira é impossível. Ai, ai, mas ela só
pensa em Lourenço, tá um caco, por um fio, tá com ideia de
acabar com tudo, desabafar nos braços do marido. Como uma
conversa, que, no fundo, é um amontoado de frases, pode ter a
capacidade de destroçar um pedaço do próprio ser. O que ela
era agora, sem os pais como ela sempre os entendeu, juntos?
Pensou, o que eu conheço de mim, o que sei de mim, não é
uma pessoa de pais separados...

*Tá, Vera, mas você vai me dizer que você vai ficar de ino-
cente nessa história? Dona Vera não tem nenhuma culpa nes-*

se cartório? Eu tentava voltar ao assunto, mas você dizia que não era o que a gente tava discutindo naquela hora, porra, eu queria saber por que mulher gosta tanto de dêérre, como diz a Lúcia, pois então se eu sabia que era um tabu para você, a educação que a Dona Claudia e o Dotô Josinaldo te deram, como é que eu não ia achar que não era sua própria cabeça, ai, porra, não, não disse isso, não disse que não é inteligente o bastante, não, para, não me soca...

Tá, Vera. Eu aceito. Eu errei. Mas será que você não percebe que se eu errei é porque eu, eu é que não conseguia ver? E, sei lá, não era para contar com você pra me ajudar, pra me fazer ver, não seria seu esse papel de me abrir os olhos, me fazer enxergar? Tanto tempo guardada no seu casulo, tanto tempo fechada? Agora? Você também errou, Vera. Faltou generosidade. Agora? De que adianta agora? Não, nunca comprei a história de antes tarde do que nunca, é se contentar, ah, não sei, é, bem, se é tarde, então deixa pra lá, deixa quieto, às vezes é tarde, mas tarde demais, não, não, agora, não, Vera, Verinha, Veríssima, eu não posso viver sozinho, não, Vera, essa verdade, não, eu não quero...

Não, Álvaro, não dá. Sozinho você já vive, Álvaro, há muito tempo. Eu só habito o mesmo espaço. O seu fim é só. Carreira solo. Não tem mais Veríssima nem Alvinho. Acabou. É bem clichê "mermo": The dream is over. Acabou. A tonta aqui acordou. Eu romantizava, eu te idealizava. Pois só agora, depois de viver cinquenta anos contigo, que eu entendi o óbvio. Nada é por acaso. Não é à toa que sua música predileta era I Me Mine. A minha, For No One. Só minha. Meu erro foi achar que era de nós dois. Two of us.

Rita, enfim, chega em casa, desaba em Lourenço, despeja tudo o que a mãe guardou por anos e chora em espasmos. O marido sabe trazê-la para a Rita de sempre.

Triste, exausta, mas um pouco mais conformada, banho tomado e equilíbrio retomado, a mãe de Guilherme se esparracha no sofá. Lourenço, na ponta do móvel, os pés dela sobre as pernas dele, pensativo. Na cabeça, os sogros. A sogra, que ele antevia como a que mais sofreria. A recordação do bonachão Álvaro trouxe à cabeça os versos de uma canção. Parecia que o via, de terno cinza, cantando: Não faz mal, se o sonho chegou ao fim. Sem essa de baixo astral, no meu coração, eu juro que não... Não faz mal, valeu enquanto durou. E agora que terminou, preciso cuidar de mim... Não faz mal, não foi a primeira vez que um grande amor se desfez sem ter uma explicação... Tô legal, do Grupo Raça. Mas não, não era o momento. Lembrou do sogro. Ex. Ele mandaria a gracinha. Não Lourenço. Disse apenas, entre melancólico e triunfante:

— Pô, sinceramente, Rita, é por essas e outras que eu nunca gostei de Beatles.

PM

Marcelino Freire

All the lonely people, where do they all come from?
All the lonely people, where do they all belong?
"Eleanor Rigby", Lennon-McCartney

Tia Eleonora vem neste sábado. Que saco! Agora com a passagem aérea quase de graça, ela vive batendo asas. Ela me apavora. Falo para o João. Adivinha. Ele adivinha.

Limpamos o apartamento.

Há revistas de homens pelados. Eu recolho o meu retrato e o do João. Aquele nosso beijo na rua Augusta. Peço para a empregada fazer compras. Preparo o quarto.

— Para o centenário do Paul, não é?

— Então...

Para onde o Paul vai, Tia Eleonora vai na cola. Pega na mão. Mesmo que o cara não cante mais. Minha tia canta. Tem fotos, bichos. Não tem quem diga. Tão caipira que ela é, fala inglês, tem tatuagens no pé. No pescoço.

— Mas por que não contar para ela?

— O quê, Roberta?

— Que você é gay?

— Imagine...

Não imagina. Tia Eleonora é (era) uma professorinha apaixonada pelos Beatles. Dessas de ir à igreja, rezar. De roubar arroz dos casamentos. Ela lê os livros amarelos da Zibia Gasparetto, entende? Gosta de novelas no TooTube. Cozinha macarrão.

A mensagem.

— Chego às cinco.

Os voos mais em conta são os que cruzam o oceano na madrugada. Mas levo um travesseirinho, ela me diz. Tanto sacrifício. Nem se fosse para ver o Santo Papa. Aliás, dá tudo na mesma: Paul, Papa, Tia Eleonora, tattoo. Ela tem o nome do Paul na axila. Como? Debaixo do braço. Perto do câncer.

Quase morre.

E não morre.

A merda é ir pegá-la. No hall do desembarque. Ela chega, escandalosa. Parece um álbum. Vem fantasiada de gorila. Gorila? Sim, a cara de uma gorila. Colorida. Todas as pessoas solitárias, de onde elas vêm? De qual planeta, hein?

— Nunca se casou?

— Ela se casou com o Paul.

— E de John, não gostava?

— Tinha ciúmes.

Meu sobrinho, querido. Beija-me. Atola-me de abraços. Vamos no nosso carro-submarino. João é obrigado a colocar o som. De quem? Dos besouros, é claro. Pergunto para ela se está bem de saúde.

— Eu?

— Não, tia, o Paul.

Não é todo mundo que faz cem anos com a mesma cara, defende ela. Os avanços da medicina inglesa, americana, japonesa. O mundo é outro, querido, outro, ora essa.

O show será no domingo da próxima semana no FreeRock. Com certeza, apagarão velas. Cantarão os parabéns. Como perder esta grande festa?

Porra!

Meu apartamento é um ovo. Meu marido vai dormir na casa da Roberta. Eu que terei de aguentar os trancos e roncos da Tia Eleonora. As tesouras que ela traz. Sim, tesouras. De tudo que é tamanho. E haja recortar tecidos. O que ela faz? PM. Coleciona PMs. O quê? As duas letras. Pendura pelas portas. Coloca nos bolsos. Faz meias. "P" à esquerda. "M" à direita. Creia.

Incrível!

É só no que se fala em São Paulo. Na grande homenagem ao Paul. Nas redes sociais, Tia Eleonora lá. Soltando a palavra de Cristo. Dos Beatles. Diz ela que vai encontrar, durante o show, vários amigos virtuais. Feito ela. Carolas, carecas. Animais doentes. Por que, então, não ficou na casa de um deles? Vou bem deixar meu sobrinho? Sozinho? Tanta saudade, meu filho. Eu me pego pensando na sua felicidade.

Argh!

Deixo Tia Eleonora à boca do Estádio Monumental.

Ela bate o coração para fora do nosso carro.

Salta sem saltar.

Segue, até, bem firme. João acelera, sobe a ponte suspensa, diz ele que eu exagero na dose. É coisa da minha cabeça essa implicância. Paul faz cem anos e eu que pareço mais velho. Por exemplo: por que não dizer para a sua tia de nós dois?

E por que dizer?

Ficamos neste assunto até a ladeira desaparecer.

Vamos à casa da Roberta.

Conectamos a programação.

Ao vivo, Paul entra. Paul chora. Paul sopra umas luzes imensas. Dentro daquela luz há muito da energia da Tia Eleonora. E é isto, acredito, meu amor, o que eu não entendo. Por que tem gente que quer viver para sempre? Tia Eleonora não quer partir. Tia Eleonora acha que é eterna. Ela e Paul. Tudo para mim mora no passado tem bastante tempo.

Minha tia faz parte do meu passado. Coisa que as companhias aéreas não entendem. Na hora em que criam essas promoções. Que os parentes adoram. Voe alto. Não deixe para amanhã a viagem dos seus sonhos.

Caralho!

Não quero aquela vidinha de volta. Do interior. Minha tia e a sua mania antiga. Adolescente. Tudo isto já devia estar morto. E enterrado.

— De qualquer jeito, sua tia viria para o centenário do Paul.

— Até a pé — diz Roberta.

— Você faria isto por quem?

— Não entendi.

— Você gosta de alguém, algum ídolo, meu bem?

— Claro que gosto.

Mas parei e não respondi.

Arrastei o silêncio.

Até deixar a Tia Eleonora de volta no avião. Meu querido, quanta emoção! Você sabia que o seu nome é por causa do Paul, não sabia? Sei, sim, tia. A senhora já me contou centenas de vezes essa história... Paul, Paul, Paul.

Ela me envergonha, acenando da escadaria da aeronave.

Eu me pego pensando na sua felicidade.

Atravesso o pátio do estacionamento. Direto para dentro do nosso carro. Estamos salvos, não estamos? Pelo menos até a próxima turnê.

Seguimos eu e João, aliviados.

— Para onde?

Para Marte. Para a Merda.

PM.

PQP.

Esta não fala de amor

Simone Campos

> *It's a thousand pages, give or take a few,*
> *I'll be writing more in a week or two.*
> "Paperback Writer", Lennon-McCartney

Quatro autores mais ou menos importantes estavam ali naquela noite de lançamento. Todos tinham começado a escrever muito cedo, antes dos 20 anos. Y. sabia isso e muito mais de tanto resumir suas biografias para a segunda orelha. "Eles chegaram em ordem alfabética", pensou Y., sentindo-se desgraçada.

Oseias Camargo — autor cearense radicado na Bahia, bestseller eterno, quase um livro por ano, queridinho do dono da editora. Ele mesmo tinha cozinhado o vatapá, que chegava em pequenas terrinas, porções individuais.

Paola Victoria — jovem cantora e escritora carioca, tinha lançado um livro para pós-adolescentes que fez sucesso; agora, no segundo, ela queria respeito.

Paul Abner — paulista realizado como músico, poeta, ficcionista e roteirista. Premiadíssimo nos anos 1960. Hoje, não escrevia mais. Ou melhor, dizia-se "aposentado de palavras": tocava apenas.

Tiago Czwartek — autor gaúcho prolífico que era o colírio das suas amigas que não trabalhavam em editora. *Você conhece ele? Você já viu ele?*

Um novo livro de Oseias Camargo requestava a presença de todos. Era veladamente obrigatório, como certas funções de escola; Y. e as amigas planejavam beber o que pudessem e, quando desse o horário, escapar dali para algo dançante, próximo e possivelmente gay. Mas por enquanto eram uma fila de meninas sendo apresentadas a Camargo por Joaquim, dono da editora — seu chefe. Cada uma dizendo seu nome e depois recebendo um cheirinho.

Dependendo da pessoa e do lugar, Y. podia se apresentar de duas formas diferentes.

— Iaiá.

Ao que se seguiria:

— Iaiá? Iaiá Garcia?

...ou com seu nome verdadeiro, ao qual sempre se seguiriam pedidos de soletrações e explicações de significado, e ela já deveria ter se acostumado, mas não tinha.

Y. separou o melhor de sua ambiguidade para pôr na cara enquanto Camargo ria, ria alto, da opção que ela havia feito. A verdade é que seus pais a agraciaram com o nome de Yasodhara, nome da esposa de alguém (o Sidarta). Mas ela quase nunca se apresentava assim.

Agora Camargo teria que ficar sentado um par de horas. Não estritamente, já que se levantava para abraçar ou dar um cheiro em boa parte dos leitores da fila. Mas depois voltava para trás da mesa e tentava ser objetivo. A conversa demorava mais que o autógrafo, e durava até que o próximo da fila deslizasse delicadamente o livro sob o braço do conviva que insistia em prolongar o *vis-à-vis*.

— Precisamos de uma mesa mais larga — matutou Joaquim.

Quarenta e cinco minutos depois, a fila parecendo maior do que nunca, Yasodhara estava no segundo vinho branco, que alternava com cafeína para não ficar com sono. O cortejo da editora tinha se partido em muitos, em grupos-tarefa de uma ou duas para entreter convidados pré ou pós-autógrafo — era essencial a permanência dos corpos para que o lançamento fosse computado como sucesso. Michelle, por exemplo, se incumbia de reter Abner, que já tentara se escusar umas duas vezes. Enquanto isso, alguém viu Yasodhara e se aproximou:

— Já não te vi lá pela editora?

— Sim.

Cícero Dias era crítico e organizara um livro de ensaios sobre a história da crítica no Brasil. Não era a área dela, mas era possível que a tivesse visto, sim.

— Como é seu nome mesmo?

— Iaiá.

— Iaiá... *Garcia*? Haha. Grande Machado... Sou Cícero Dias.

— Prazer — apertaram-se as mãos.

— Você trabalha em que setor?

— Ficção nacional.

Cícero assentiu, sorrindo de boca fechada.

— Sabe quem é que cuida da recepção de originais por lá?

Iaiá pensou em francês: "*merde*". Era mais chique. E respondeu:

— Todas nós.

— É que tem um livro meu lá com vocês. Romance. Chama *A negra ruiva*. E eu queria saber de repente como é que anda o processo. De avaliação.

— Assim, de cabeça? ... não sei dizer. — Iaiá sorriu de boca fechada.

— Ah, não? Puxa. Será que você se importaria de dar uma olhada para mim depois? — ele alcançou agilmente a carteira, deslizando um cartão para fora. — É meu e-mail principal.

— Claro.

Ele ficou lá sondando a expressão dela mais alguns instantes. Por fim, começou a olhar para os lados e saudou alguém, caminhando em sua direção. Yasodhara se virou, deixou a taça numa mureta e foi até a porta marcada Feminino.

Yasodhara fitava a festa. Gente chegando agora. Gente que estava lá havia um bom tempo indo embora sem autógrafo, intimidada pela fila. Passeou o olhar. Naquele momento, Paola Victoria posava para fotos ao lado de Camargo. Camargo ria e brincava, apoiando-se em partes diferentes de Paola a cada flash.

Saindo do banheiro, ele a viu lá, parada, e achou que seria besta em não falar com ela.

— Oi.

Oi sem adornos. Ela respondeu com um meneio de cabeça e um sorriso. Continuou olhando para o ponto que estava olhando. Acabara o papel-toalha, suas mãos penduradas aguardavam o calor fazer seu trabalho.

— Tu é Iaiá, não? — disse Tiago.

Falava com ele por e-mail. Uma vez pelo telefone. Tinha encontrado e resolvido uma gafe simples, mas que se alastrava por todo o último livro dele. Esse contexto pairava sobre eles. Iaiá estendeu a mão quase seca, encontrou uma ainda úmida.

— Prazer.

Ele estava lá sozinho. Ela sentiu que teria de pajear, falar um pouco para preencher o silêncio. Então engatilhou uma série de pequenos casos de editora que poderia achar interessantes caso fosse um escritor perdido em visita.

— Lá fora um livro tem pelo menos duas vidas úteis: *paperback* e capa dura. Quando um livro é sucesso em *paperback*, imprime-se uma edição em capa dura; ou, se o sucesso já é esperado, o de capa dura sai antes — porque é mais caro. E ainda tem a edição baratinha, a *mass market*, que sai no caso de best-sellers absurdos. Os brasileiros são todos escritores de *paperback*, lombada colada. O mercado aqui, você sabe, é bem restrito. Bem, agora chegou o livro digital pra bagunçar tudo. Ninguém sabe mais nada.

"Pelo telefone, tem basicamente dois tipos de aspirantes a autor: um que tenta te intimidar e outro que tenta virar seu melhor amigo. Tenho amiga que recebeu até ameaça de morte de autor enjeitado. Eu tenho só história engraçada, do tipo atender e ouvir um sujeito exigir direitos autorais. Eu era novata; só quando pesquisei o nome dele no sistema descobri que os três livros que ele enviou foram rejeitados. Mas a conversa nem terminou mal. Foi em setembro, e ele me desejou Feliz Natal.

"Bombom, bala, pirulito. Vem de tudo dentro dos originais. O pior é que nunca ninguém come nada. Medo de estar emacumbado. E as cartas de apresentação? Perfumadas. Beijadas.

"Então rasgamos o pacote e começamos a tirar várias encadernações em espiral. Cada uma, umas cem páginas. Todas manuscritas. Eram 14 volumes. Quatorze. De um livro só. Chamado *Quixotada*. Ao todo, devia ter mais de mil páginas."

— E era bom? — perguntou Tiago.

— Melhor que a média. Mas mil páginas... — Iaiá fez um trejeito com os ombros.

— Ele devia ter sido menos ambicioso na estreia.

— Você me parece que escreveria uma coisa desse tamanho.

Por que tinha dito aquilo? Ele a olhava com olhos enormes. Também seu lábio inferior se despregou do de cima, se abriu mostrando partes de dentes. Y. se dava conta de que ele não publicava nada havia algum tempo, uns quatro anos; que não havia previsão de lançamento dele para o próximo ano; que sua ambição por emular um Bolaño ou DFW poderia muito bem desaguar em romances de mil páginas; que todo esse raciocínio passara por sua cabeça sem que ela se desse conta, produzindo a pergunta fatal que deixara a ambos completamente hirtos se olhando pra mais de dois segundos.

— Você *está* escrevendo uma coisa desse tamanho.

Ele fechou a boca.

Ele estava escrevendo uma coisa daquele tamanho e ele estava fazendo segredo. Ela tinha descoberto tudo. Tinha dado um furo.

— Joaquim não vai gostar nada disso.

Brincadeira: Joaquim gostaria bastante disso. O editor tinha uma cisma com a "falta de prolixidade" dos autores brasileiros e a fantasia secreta de, um dia, publicar um tijolão de lavra nacional. Iaiá não sabia se Tiago tinha entendido que era brincadeira ou não, mas continuou:

— Sobre o que é?

Tiago fez um gesto com as mãos.

Iaiá não tinha ideia da expressão que estaria fazendo, mas suspeitou de que fosse algo maliciosa.

— Não se preocupe, não conto pra ninguém.

Enquanto um olho de Tiago apontava para a frente, o outro apontava ligeiramente para o lado. Nenhuma de suas fotos publicitárias, de fundo branco ou não, mostrava aquilo. Um olho se deslocou depois do outro para registrar o que chegava de trás de Iaiá.

— Iaiá, estamos partindo agora — disse Michelle, pousando a mão no ombro dela. — Vamos para o karaokê. É, eu sei, maior programa de japonês depois do trabalho, mas... Fica a fim de ir?

Ela estava olhando para Tiago desde a metade da fala. Era com ele.

— Não, não é muito a minha — respondeu.

— Ah, vamos. É legal. Você não precisa cantar. E tem vaga no carro.

— ...

— Então tá.

— Você tinha que ter feito força pra ele ir! — dizia Michelle. E para o resto do carro: — Os dois lá conversando bem uns 15 minutos. Eu só olhando.

— Justamente. Em boate não dá pra conversar — disse Yasodhara.

— Ai, Iaiá. — Michelle espalmou a testa. — Você não tem a mínima vontade de pegar ele?

— Tenho, ué. Mas sei lá, não vou fazer mais que a minha parte.

— Preguiçosa!

— Esnobe.

— Não, não. É que... eu não sou *groupie*. Eu sou *roadie*.

Michelle e todo o restante do carro gargalharam alto. Julia virou para trás:

— Aí as meninas vão dormir contigo pra chegar a ele?

— Talvez. Numa Flip, eu não duvido.

Saíram tarde do lançamento, cedo para o karaokê. Chegaram com os olhos brilhando, e não só dos drinques que já haviam tomado. Havia algo de vingança em ainda estar de pé depois de uma jornada dupla, editora + lançamento. Estavam vivíssimas. A fila, como que para colaborar, era pequena.

— Identidade, por favor.

— Fui roubada — disse Yasodhara.

— Tem B.O.?

— Tenho 26 anos — franziu o nariz com força. — Tenho rugas.

Entrou.

Julia foi a primeira a ser chamada. Cantou "Munich", The Editors. *People are fragile things, you should know by now.* Cantava de olhos fechados, ficando extremamente parecida com uma porção de divas *indie* de cabelo escuro.

Michelle tinha escolhido "Wuthering Heights", música agudíssima que, graças a anos de coral, ela sustentava. Foi ovacionada pela ala gay da plateia, e o resto aproveitou o número para pegar uma bebida.

Era a vez de Yasodhara. Ela subiu ao palco acompanhada por Michelle e Julia. Viu Paul Abner plantado bem no meio do mar de gente, dois metros de pura postura. E começou:

Dear Sir or Madam, will you read my book?

It took me years to write, will you take a look?

Michelle e Julia fazendo corinho no momento adequado. Desceram dois minutos e 18 segundos depois.

— Gostei do que vocês fizeram — disse Paul. — Vocês combinaram?

— Sim.

— Michelle eu conheço. Você é?

— Julia, prazer.

— Yasodhara.

— Sou fã do seu marido — disse Paul.

Yasodhara sorriu.

— Bom. Estou aqui para o aniversário da minha filha Marta, mas acho que ela não me quer por perto o tempo todo.

Fitou o horizonte um tempo, depois olhou para elas de novo.

— Não vou ficar em cima de vocês também não! Vou cantar.

E cantou, dali a duas músicas. "Martha My Dear". Ninguém na plateia sabia quem ele era. Quando terminou o primeiro refrão, uma adolescente subiu no palco e apertou-o num abraço e todos viram as lágrimas começarem a correr, mas ela não estava nem aí, ficou até terminar a música e entrar alguém para cantar "Tudo que vai".

O barbeiro e o besouro

Ana Paula Maia

Penny lane is in my ears and in my eyes
"Penny Lane", Paul McCartney

Pela fresta da cortina avisto a rua. Há quase dois meses moro neste bairro e ainda não saí de casa. Tem feito sol com regularidade. Com intervalo de quatro a cinco dias, chove nos fins de tarde. Tudo o que necessito peço pelo telefone e o entregador do mercadinho do bairro bate à minha porta cerca de vinte, vinte e cinco minutos depois. Gosto do serviço deles. São ágeis e eficientes. O rapaz que costuma atender os meus chamados é o Henrique. Henrique Rodrigues. Ele veio do Brasil com sua família faz uns oito anos. Foi o que ele me disse um dia desses. Nunca estive no Brasil, mas pelo jeito de Henrique se relacionar parece-me ser um país caloroso.

Conversamos pouco, porém cada vez mais ultimamente, e ele tem se tornado amigável. Costuma falar coisas sobre o bairro, do seu gosto por futebol e dos seus amigos com quem sai para irem ao cinema, aos bares e às boates. Ele gosta de uma menina chamada Amanda. Ela ainda não decidiu se gosta dele. Ele é meu único amigo. Chegamos até a jogar uma partida de dominó dia desses. Há duas semanas teve coragem de me perguntar o motivo de eu nunca sair de casa. Respondi que sou escritor e que raramente saio. Estou escrevendo um longo romance e preciso de muita concentração. Ele acreditou e gostou da ideia. Me acha um tipo muito importante e desde então faz questão de entregar todos os meus pedidos, já que antes, vez em quando, um outro rapazinho vinha até aqui. Mas este me parecia muito religioso e respeitoso também. Não alimentava conversas e nunca me olhava nos olhos.

A casa foi alugada por três meses, pagamento adiantado. É assim que costumo fazer. Escolhi a Penny Lane, pois me contaram ser uma rua tranquila. É do tipo em que há vendedores de flores e garotos brincando pelas calçadas. À noite, é sempre silenciosa, deserta. Porém prefiro não sair de casa nem mesmo na madrugada solitária.

Pela manhã, ao acordar bem cedo, alongo-me no pequeno jardim nos fundos, cercado por muros altos, e apanho meia hora de sol enquanto leio um livro sentado numa cadeira de vime.

Henrique toca a campainha e abro a porta. Recebo-o tomando uma caneca de café. Ele pergunta como está o meu livro, desfazendo as sacolas e colocando cada item sobre a mesa. Eu respondo que o livro está indo muito bem, que tenho trabalhado bastante. Ele diz que gostaria de ler algumas páginas, se isso fosse possível. Respondo que sim e digo a ele que volte mais tarde, à noite, depois do seu expediente de trabalho, que terei prazer em ler alguns trechos do meu novo romance. Ele sorri entusiasmado. Eu sorrio satisfeito. Mas venha sozinho, eu digo. E saliento que é melhor ele não dizer que virá a minha casa, pois o patrão dele pode não gostar dessa intimidade. Ele concorda facilmente e ajeita uma mecha do cabelo atrás da orelha. É um rapaz de gestos suaves. Gosto disso. Olha para trás quando atravessa a porta e um pouco sem jeito repete que estará aqui às sete da noite.

Vou para a minha mesa trabalhar um pouco. Escrevo um soneto há cinco meses e ainda não consegui concluí-lo. Repito em voz alta o último verso. Ainda não é o momento do fim. Apanho um livro pesado da estante e passo horas lendo, parando apenas para almoçar um frango assado ao molho de vinho tinto com batatas que eu mesmo havia preparado no dia anterior e para tomar um banho quente.

Arrumo as minhas malas com todos os meus pertences, que é quase nada. Deixo no quarto, tudo em ordem. Henrique toca a campainha às sete da noite. Abro a porta e ele parece animado. Entra e tira do bolso um pequeno caderno com seus desenhos. Disse que se sentia à vontade para me mostrar, já que eu iria ler alguns trechos do meu livro inédito para ele. Ele gostava de desenhar besouros. Eram besouros de diversas espécies. Eram bons seus desenhos. Sentei-me numa poltrona e apreciei página por página de seu caderno, observando os detalhes e fazendo comentários amistosos. Ofereci a ele um chá com bolinhos. Comemos. Ele perguntou sobre o meu livro e quando eu ia começar a ler. Apanhei um maço de papéis sobre a mesa, folheei alguns e iniciei a leitura.

"Quando certa manhã Gregor Samsa acordou de sonhos intranquilos, encontrou-se em sua cama metamorfoseado num inseto monstruoso. Estava deitado sobre suas costas duras como couraça e, ao levantar um pouco a cabeça, viu seu ventre abaulado, marrom, dividido por nervuras arqueadas, no topo do qual a coberta, prestes a deslizar de vez, ainda mal se sustinha. Suas numerosas pernas, lastimavelmente finas em comparação com o volume do resto do corpo, tremulavam desamparadas diante dos seus olhos."

Parei e olhei para Henrique. Estava perplexo, o rapaz. Bebeu mais um gole de seu chá e se levantou. Não foi o senhor quem escreveu isso, ele disse sério. Como aquele miserável podia saber uma coisa dessas. Achei que ele gostaria de uma história sobre insetos. Eu dei uma risada e ele começou a relaxar. Você tem razão, garoto. Não fui eu. Estava só me divertindo com você. Ele começou a rir também. Eu sempre gostei dessa história por causa dos besouros. Ele se transforma num besouro. Arguí intrigado: Não foi numa barata? Ele acenou negativamente. Tenho certeza de que foi num besouro. Aliás, aqui na Penny Lane há muitos deles. Faço-me de surpreso e interessado. Henrique divide comigo seus conhecimentos acerca da diversidade de escaravelhos enquanto me levanto caminhando à toa pela sala, dando-lhe total atenção. Por trás do sofá onde ele está sentado, posiciono-me como um barbeiro segurando uma navalha na mão direita. Corto o pescoço de Henrique num golpe tão rápido que um estreito jato de sangue respinga no vidro da janela. Ele cai para a frente, com a cabeça entre as pernas. Reparo o sangue na janela: a linha firme, inclinada em cerca de trinta graus, e os filetes de sangue escorrendo lentamente assemelham-se a um acorde de notas musicais, talvez eu possa até solfejar.

Reviro rapidamente as páginas do meu soneto, ao final, acrescento a menção de uma música que grita por socorro, o mesmo socorro que escapuliu com sutileza da garganta partida de Henrique, o socorro que não ecoou por Penny Lane e que se abateu por cima do caderno com desenhos de besouro.

Apanhei as minhas duas malas, horas depois, quando tudo lá fora havia se aquietado. Segui pela rua; era mesmo uma boa rua para caminhar. O aroma das flores que eram vendidas durante o dia ainda permeava aquela atmosfera bucólica. O eco dos meninos brincando, também. Tudo estava lá, eternizado, até mesmo o último grito de socorro que jamais seria escutado.

Nothing is real [1]

André Sant'Anna

No banheiro do palácio da rainha da Inglaterra:
"George, porra, passa o baseado."

"Peraí, acabei de acender."

"Vai logo, senão chega o guarda."

"Deixa de ser paranoico, John. Daqui a pouco você vai ser Lord Lennon."

"Só se for o Lord da privada."

Barulho de descarga.

"Cacete. Não faz barulho."

"E agora com vocês, o fabuloso de Liverpool, o nowhere man, mais famoso que Jesus Cristo, Lord John Lennon — o nobre Beatle de olhos vermelhos da privada do Palácio de Buckingham."

"Eu queria ser um polvo."

"Ih! O Ringo tá doidão."

"Eu sou um polvo, eu sou um polvo."

Barulho de descarga.

"Vou viver no jardim do polvo, na sombra. Eu sou um polvo."

"Eu sou o homem-ovo."

"Eu sou um elefante marinho."

Barulho de descarga.

"Para de apertar a descarga, vai sujar a parada."

---

[1] Conto publicado no livro *Amor e outras histórias* (Cotovia, 2001).

"Calma, Lord Lennon."

"Imagine o escândalo, se pegam a gente."

"Aí a gente fala que o bagulho é da rainha-mãe."

Risos.

"Imagine a cara do Brian."

"Imagine todas as pessoas."

"Imagine o *Daily News*. Rainha-Mãe flagrada fornecendo entorpecentes para os Beatles."

"Dureza."

"Estes são dias duros."

"É, tô cansadão. Quando isso acabar, vou passar uma semana na cama pela paz."

"Eu queria ser um polvo."

"A gente já sabe, mas dá pra rolar o baseado?"

"Argh! Tá todo babado."

"Alguém tem fósforo pra tirar o cheiro?"

"O George deve ter incenso."

"Não tenho, não. Eu só vou me enturmar com os indianos daqui a dois anos."

"Eu sou um elefante marinho."

"Mais tarde. A gente ainda tá na fase reis do iê iê iê. A fase psicodélica também vai começar daqui a dois anos."

"Psico o quê?"

"Psicodélica. Vamos ser hippies. Já ouviu falar em LSD?"

"Que porra é essa?"

"Não sei. Ainda não inventaram."

2

"Quando inventarem, a gente experimenta?"

"Eu não. Esse negócio pode até enlouquecer."

"Esse Lord Lennon é um grande careta."

"Agora o baseado grudou na mão do Paul."

"Ah! Não! Eu só dei um tapinha."

"Calma, pessoal. Não briguem. Ainda tem mais. Sobrou daquele do Bob Dylan."

"Vamos acelerar aí. Daqui a pouco a guarda da rainha pega a gente."

"Eu sou o homem-ovo."

Tosse.

"É por causa desse fumo que o Bob Dylan canta com aquela voz. Ele fica prendendo a fumaça."

"Mais respeito com o meu amigo Bob Dylan."

"Isso aí. O Dylan quando dá dois não fica falando esse monte de bobagem que nem vocês."

"Pode crer. O Bob Dylan é cabeça."

"É. O maior cabeção."

Risos.

"Ouviu?"

"O quê?"

"Passos no corredor."

"Que paranoia!"

"Eu juro que ouvi."

"Deve ser Margaret — a Mocreia."

"Socorro."

Risos.

"Deixa eu dar mais um, aí. Pô, vai acabar."

"Agora eu ouvi mesmo. É o Mark."

"Que Mark, John?"

"Sei lá. Me passou um negócio ruim pela cabeça."

"Você tá viajando."

Batidas na porta.

"Sujou."

Barulho de descarga.

"Que cheiro é esse?"

"Foi o Ringo, Brian."

Risos.

"John, seu olho tá quase fechando. Está com alguma inflamação?"

"É que Lord Lennon tá virando japonês."

"Alguém aqui já comeu uma japonesa?"

"Não. Mas eu tenho a maior curiosidade."

Risos.

"Vamos lá, rapazes. A Rainha está esperando."

Uma jornada particular

Marcio Renato dos Santos

Found my way upstairs and had a smoke,
and somebody spoke and I went into a dream.
"A Day In the Life", Lennon-McCartney

As minhas mãos tremem, não tenho controle, onde estou? Não dá para voltar à noite anterior. Ou dá? Que rua é essa? Estava tudo certo, o plano era infalível, pela primeira vez na vida eu mudaria de casta, eu estava quase lá, a bola rolava, faltavam poucos segundos para gritar gol, tudo dando certo, como nunca até então; mas, daí.

Olho para as minhas mãos, olhe aqui. Tudo treme. Há pouco eu caminhava pela cozinha, eu, que sempre fico sentado e me demoro à mesa, seguia de um lado para outro, lavava um copo, seguia para o quarto, o que acontece? Esses seis números. Será? O concurso é o 1.377. 8, 15, 26, 41, 48 e 52. É isso? Vou olhar de novo. E mais uma vez. Sim. É o concurso 1.377 da Mega-Sena, e os números são o 8, o 15, o 26, o 41, o 48 e o 52.

Agora a casa está vazia. Estou aqui, aqui mesmo? Sigo neste quarto a olhar pela janela — olhe, não há ninguém na rua. Onde estão todos? Vou conferir que dia é hoje. Onde estão os calendários?

Preciso sair, olho pela janela e não vejo nada. Não enxergo ninguém, mas parece que tem gente a me vigiar. Será? O que fiz? O que aconteceu? Por que estou com medo?

Tem sol, mas tenho de usar roupas, calças, meias, camisas, botas, casacos, há um frio que me intimida. Não quero sair do quarto, sinto medo, de ser capturado, de sequestro, de violência física. O que fiz? Que eu lembre, no máximo, disse ou escrevi algumas palavras; mas as palavras não têm mais valor neste mundo, quem liga ou se importa com o que se fala e escreve?

Há inimigos, mas não sei onde eles estão e por isso vou me esconder dentro de uma sala de cinema, dessa, aqui. Já entrei, nem vi o título do filme, e não faz diferença, um enredo qualquer pode me distrair. Olhe só, já apagaram as luzes, tem uma poltrona livre ali, com licença, obrigado, claro, já vou sentar. Agora sim, estou a salvo, de mim, do mundo.

A vida de Max Bell.

O que é isso?

Max Bell, que acabou de entrar nesta sala e se sentou na última poltrona vaga, foi um péssimo sujeito, mau caráter, incapaz de estabelecer e manter um relacionamento...

O que é isso? Você ouviu? Alguém está brincando comigo? É pegadinha?

Max, não precisa se incomodar. Ninguém, muito menos eu, está te julgando...

E agora? A voz do narrador do filme fala comigo?

Max Bell invejou, foi guloso, cobiçou e possuiu a mulher do próximo, furtou, cometeu crimes e negou, assassinou, forjou provas e um inocente foi condenado em seu lugar...

Já estou fora da sala de cinema — o que foi aquilo? Não entendi. Um filme sobre a minha vida? E o narrador ainda conversava comigo?

Por que eu não paro de tremer? E isso, você viu? Um homem, agora, quase passou por cima de mim. E aquela mulher, ali, também veio em minha direção.

Sinto vontade de fumar, mas eu parei, ou não parei? Há quanto tempo não sei qual é o gosto daquele hábito de acender o cigarro, tragar, segurar e soltar a fumaça? A minha vida por um cigarro, todo o dinheiro que ganhei sozinho na Mega-Sena por um cigarro — claro que não, vou pagar apenas o preço que vale uma carteira, mas onde eu encontro cigarros agora?

[Açúcar, ameixa, biscoito.]

Que mundo é esse? Será que terei a Luana Piovani, a Manoela Sawitzki, a Juliana Salimeni, a Paris Hilton que eu quero, na cama que escolherei?

[Açúcar, ameixa, biscoito.]

Quero já, agora, tudo a que tenho direito. Quero sim a existência como uma ventura de modo inconsequente, não — essas ideias são de outras pessoas, e aquilo ali, um jornal colado em um poste com a minha foto?

Max Bell foi um dos sujeitos mais solitários e sozinhos que passou pela Terra. Desde pequeno, viveu dentro de uma bolha de isolamento, e nunca fez esforço para sair de onde estava. Max Bell pulou de bolha em bolha, saiu de um grupo em direção a outro, continuamente, sempre destruiu pontes para não retornar ao passado — ele renegou tudo, mas...

O que é isso? Primeiro no cinema, agora é um jornal falando da minha vida?

Caminho e está tudo irreconhecível, sinto vontade de fumar, onde consigo um cigarro? E essas pessoas que passam e parecem não me enxergar? Que as mulheres não olhem para mim não é novidade, mas estou reparando em uma outra coisa, ninguém, absolutamente ninguém demonstra notar a minha presença, a não ser cães e gatos.

Será que isso é efeito do prêmio da Mega-Sena? Até ontem ou antes de ontem eu era invisível por ter de trabalhar quase o tempo todo para pagar o preço-vida e agora que ganhei tantos milhões também não olham para mim?

[Açúcar, ameixa, biscoito.]

Há um outro jornal logo ali, vou conferir para ver se, não, já folheei algumas páginas, será?, não, não citam meu nome, avanço mais outras páginas, agora os classificados, nada, nenhuma mensagem direta ou cifrada. O que é isso? A esperada declaração de um líder é uma negativa, ele nega que fez, antecipa-se anunciando que não fará; e o grande jogo de futebol programado para amanhã dará empate, garantem os comentaristas, e o álbum de minha banda favorita não é grande coisa, afirmam os que escrevem no caderno de cultura, e os críticos literários decretam que a literatura nunca passou por uma fase tão ruim como a do tempo presente, e os que assinam resenhas sobre cinema dão notas para os filmes; chega, não preciso disso, de nenhuma dessas informações.

Caminho e a cada passo sinto mais vontade de fumar e esse desejo aumenta e tenho certeza de que preciso de um cigarro, agora, é o meu organismo que exige cigarro, mais importante neste momento do que água ou qualquer alimento, e então vejo, na calçada, uma carteira de cigarros e um isqueiro, me abaixo, pego a carteira, tiro um cigarro, que acendo com o isqueiro e era disso o que eu precisava, esse cigarro — surge um ônibus que para, eu subo as escadas e entro no veículo coletivo com o cigarro aceso.

Chove dentro desse ônibus, e apenas aqui. Fora, vejo pela janela, há sol e céu azul. Aqui, no corredor, algumas pessoas usam guarda-chuva, outras, capas de chuva, apenas eu estou sem proteção contra a chuva, vestindo um terno que nem sabia que tinha e, percebo, após olhar para os lados e me apalpar, essa chuva não me molha, é uma chuva seca.

— Oi.
— Oi.
— Eu sou a Lúcia. E você?
— Max Bell. Sou o Max Bell.
— Muito prazer, Max Bell.
— Prazer, Lúcia.
— Me tira pra dançar?
— Dançar?
— Sim.
— Aqui dentro? No ônibus?
— Qual o problema, Max Bell?
-- Mas é que está chovendo.
— E daí?
— É um pouco...
— Meus olhos são de caleidoscópio.
— O quê?
— O sol está nos meus olhos.
— O sol?
— Max Bell, olhe para o cobrador e para o motorista.
— O que eles têm?
— As gravatas deles são de espelho.
— O quê?

— Não vejo você refletido ali.

Já estou fora do ônibus, não lembro de que maneira saí, e também não entendo o que está acontecendo desde o início da manhã. Acordei e as minhas mãos estavam, e continuam, a tremer, o que passa?

"Diversão é a única coisa que o dinheiro não consegue comprar." Quem disse isso? Caminho em uma rua e não vejo ninguém, apenas escuto essa voz, mas não concordo com essa ideia de que diversão é a única coisa que o dinheiro não consegue comprar. O dinheiro só não compra a poção para manter ou recuperar a juventude, ou compra?; vou saber daqui a pouco, quando apresentar o meu bilhete premiado da Mega-Sena em uma agência bancária.

As luzes dos apartamentos e dos postes estão acesas, mas os restaurantes, as farmácias, as padarias e os bares desligaram as lâmpadas e fecharam as portas, e ainda não são nem vinte horas. A cidade está vazia.

Hoje tudo escapou do meu controle, apesar de eu nunca ter controlado nada, mas, e isso é o que importa, hoje não trabalhei. Faz tempo que desejo apenas passear. Se teve algo que eu quis, desde muito, foi o não fazer nada, apenas vagar, sem preocupação. Durante anos não consegui dormir — eu acordava por ter esquecido algum compromisso. Nos pesadelos eu era repreendido por um sujeito chamado senhor Kite, eu não o conhecia, apenas escutava o senhor Kite dizer que havia um erro no trabalho que consumiu todo um ano. Eu acordava, permanecia por alguns minutos de olhos abertos a lembrar do que teria de fazer no escritório e voltava a sonhar e a encontrar o senhor Kite.

Essa é a primeira vez que caminho sem me preocupar com dinheiro, mas onde estão as pessoas?, será que teve toque de recolher e não fui avisado?, ou é a final da Copa do Mundo?, aconteceu vazamento de alguma substância tóxica? Sinto frio, mas não é algo que me incomode, o que me incomoda é esse vazio nas ruas, na cidade.

Já não sinto mais o chão, deve ser o cansaço, mas minhas pernas seguem e me movem. Tudo tremia e agora não há mais tremor, o escuro é total e lembro de uma madrugada, quando havia dívidas, credores por toda parte e nenhuma perspectiva nem dinheiro; insone, levantei e pela janela do sétimo andar vi a Alice Braga a dançar no asfalto — tive a impressão de que ela cantava "Nightwalker", do Thiago Pethit, e flutuei a trope- çar nos astros desastrado com oxigênio suficiente para outros futuros. Mas aqui não há som e não enxergo mais nada, nem a rua, nem meu corpo — onde deixei o bilhete da Mega-Sena? — não sinto fome, apesar de me imaginar comendo açúcar, ameixa, biscoito, açúcar, ameixa, biscoito, açúcar, ameixa, biscoito...

I am the Walrus

Maurício de Almeida

> *I am he*
> *as you are he*
> *as you are me*
> *and we are all together*
> "I Am the Walrus", Lennon-McCartney

Na sincronia de um batalhão açoitamos em passos firmes a calma película de água sobre o asfalto, os postes aflitos e os prédios acuados por abrirmos trincheiras em vielas e tomarmos por reféns estes monumentos para ridicularizá-los, uma intensa sensação de conquista nos litros e litros de álcool que abraçamos com carinho e afeto e nós (que somos muitos) não nos importamos em estarmos perdidos porque nós (que somos milhares e estamos bêbados) queremos em mais uma garrafa nos livrar do peso insuportável do tédio e nos armarmos numa paixão desperta para tudo, uma tentativa desesperada de diversão, pois logo a maldita terça-feira exigindo força ao ônibus que destrinchará o dia soterrado em papéis amanhecidos debaixo de uma xícara

— bom dia

e nós (que somos todos) rimos desse prenúncio num porre que nos coloca sem querer aos desencontros, mas mantemos a calma e acertamos o passo em marcha nesta cidade que é

nosso domínio e assim encontramos um bar no qual nos ar-
ranjamos em cadeiras e estamos a postos e atentos e aos risos
e não por acaso uma mulher nos sorrindo num flerte e nós
(que somos tantos quanto quisermos) ao redor dela fechando
o cerco, ela sorrindo difícil

    — vocês?

entre garrafas e copos de plástico, ela exibindo ossos imen-
sos, a clavícula arrumada em ângulos improváveis, as pernas
cruzadas deixando entrever algo do corpo que ela nos nega e
nos esnoba

    — vocês?

mas não desistimos

    — chegou a hora

(*O Oyster, come and walk with us!*)

    — chegou a hora para falar sem timidez de lacres, sapatos,
navios, de repolhos e de reis, por que o mar ferve tanto ou se
os porcos têm asas, talvez

a tensão de uma terça-feira rasando lenta sobre nossas cabe-
ças e nossos olhos vidrados em minúsculos grãos de eternidade nos invadindo nariz, tragadas profundas e goles intermináveis neste banheiro fedendo à morte, mas não nos importamos
com a luz apagada ou a viscosidade das paredes suando gordura, porque numa briga nós devassamos esta mulher

    — *you've been a naughty girl*

ela de pernas abertas deixando entrever todo o corpo

    — *you let your knickers down*

mordidas nos assolando numa dor e resistimos nesta luta
que é um prazer até que a porta de repente aberta e nós (que
delirávamos no confinamento deste corpo) então descobertos

    — *man, you've been a naughty boy*

e rindo

    — *you let your face grow long*

ela num transtorno arrumando a clavícula, as pernas e
a saia, ela muito envergonhada com a noite dentro daquele
banheiro

— parem

vira-se numa fuga e nós a seguimos desorientados em nossos passos desarticulados para dizer que precisamos ser todos
e somos um

— *naughty girl*

que somos potentes e a desejamos tanto

— parem, vocês

e não aceitamos a derrota muito embora ela resista e se
debata, pois nós (que somos tantos) jamais desistiremos frente
à resistência, e, ainda que se faça difícil, ela solta sorrisos

— parem

e olhares

— vocês

de reticências e

— vocês

nos organizamos novamente

— *naughty girl, you*

e nos aproximamos

— não todos

ela diz

— não todos

e nós (que somos congruentes) numa cisão que tentamos
contornar por nos sabermos vulneráveis se sós

— não

mas ela interessada em parte da gente enquanto outros de
nós rejeitados e estamos aos pedaços e nos desentendemos em
ironias

— *too many people going underground*

e pedimos

— calem a boca

e gritamos mais alto

— *don't let 'em tell you what you wanna be*

e nos zangamos aos desaforos e nos traímos uns aos outros em mentiras porque nos invejamos, um mal-estar de braços cruzados e olhares enfezados insinuando descontentamento apesar dela agora em carinhos

— vocês

mas nós (que éramos um) nos colocamos enfastiados, um cansaço monstruoso esta madrugada chegando ao fim e finalmente a falta de sermos qualquer coisa menos nós (que somos tantos e isso nos sufoca), porque, ainda que a solidão nos assole e o silêncio nos assuste, há certo prazer em saber-se só mas ela pendurando-se em nós

— vocês

a tensão de uma terça-feira rasando num desconforto

— bom dia

que ignoramos para continuar em conquista e, numa tentativa de sobre-ânimo, desdenhamos os policiais que nos vigiam em viaturas andando lentíssimas

— bom dia

mas, desarticulados em vontades divergentes, desistimos de manter qualquer ritmo e nós (que éramos tantos) enfim nos sentamos à espera do ônibus ao final da rua

— bom dia

papéis e xícaras e nós enlouquecidos derrubando raciocínios

— bom dia

nós

(— nós?)

derrotados neste fim de noite e o ônibus parando devagar para subirmos lentos em ideias pesadas, aquela mulher

— vocês

dormindo distante e o dia principiando numa garoa fina, a consciência de um golpe d'água ensaiando susto nas janelas e, apesar de estarmos seguros, uma sensação incômoda que persiste como se dentro de nós

(— nós?)

um inferno intenso, nossos olhos ardendo num esboço de claridade e nada parece resistir a esses pingos finíssimos (não chuva, mas soluço): o ônibus aos chacoalhões, os freios rangendo de ódio no absurdo ordinário desta manhã cinza, todos se rearranjando constantemente num espaço pequeno e nós amassados a um canto, as costas curvas, as mãos entre os joelhos e, ainda atrapalhados no meio de tanta gente transpirando sono, nos encostamos à janela e uma infinidade de capôs acumulados desenham um mosaico no asfalto, um carnaval improvável de cores sem vida e nenhuma lógica nesta terça-feira encharcada de soluços e nós queremos apenas um sono tranquilo, mas tantas pessoas e sacolas, pastas e guarda-chuvas se amontoando neste ônibus

— bom dia

e eles (que são muitos) nos julgando o jeito amarrotado e a cara amanhecida num início de ressaca, eles nos enchendo o saco num rangido que ignoramos, lá fora ainda uma infinidade de capôs escorados num muro que com algum pudor tenta esconder os rasgos que expõem seu esqueleto torto de ligas de aço e ferrugem, nós nos encolhemos a um canto porque o cansaço expondo em rasgos nossa bricolagem alucinada de muitos olhos, um mosaico absurdo de tantos rostos se justapondo, o cabelo grande, um bigode, uma barba, um olhar pesado de insônia em olhos desproporcionais e assimétricos, o nariz aquilino e um queixo projetado num siso e nós antes numa convulsão vibrante agora sendo desfeitos por muitas mãos (sacolas, pastas e guarda-chuvas) que percorrem os desníveis e acidentes obscuros do nosso corpo

(— nosso?)

nesta manhã cinza e caótica nós finalmente decompostos em rostos angulosos e díspares numa infinidade de reentrâncias, olhos cheios de insônias e pupilas imensas que se reinventam em universos, íris de lantejoulas e espanto, muitas bocas nos

(— me?)

desvendando em palavras estranhas e nos

(— me?)

confundindo em violência, línguas ainda conjecturando prazeres em fonemas engasgados que nos

(— me?)

sufocam, as costas curvas, as mãos entre os joelhos procurando abrigo, a chuva mais forte nos dissolvendo em reflexos que me diluem num borro de cores sem vida ou lógica, mas sou tudo e sou todos, eu

(— eu?)

sou deus em soluços.

Revolução no Grajaú

Fernando Molica

> *We all want to change the world*
> *But when you talk about destruction*
> *Don't you know that you can count me out?*
> "Revolution", Lennon-McCartney

É possível que seja tarde demais. Mas, mais uma vez, escrevo. Escrevo como já muito escrevi, talvez como nunca deveria ter escrito. Mania de achar que o ato de escrever é capaz de fazer saltar evidências, tornar claros os argumentos e ressaltar todas as razões. Na tela, ao escrever, não gritamos, nos xingamos menos. Palavras vão sendo filtradas no percurso entre o cérebro e a ponta dos dedos — mãos, afinal, ficam mais longe da boca, as frases carregadas de ofensa atravessam alguns outros obstáculos antes de se materializarem, se depuram no caminho. Coordenar o movimento dos dedos, orquestrá-los sobre o teclado, também gera esforço, demanda tempo, provoca alguma reflexão. Aqui sou o primeiro leitor das palavras, que surgem aos poucos na tela. Dá para mexer, apagar, diminuir o peso do que se procura dizer. Não é como um soco verbal desferido na direção dos ouvidos. Não se agarra uma palavra no ar, não se interrompe sua trajetória. Arremessadas, palavras tornam-se definitivas no caminho até o alvo. E assim elas iam, assim elas foram. Assim elas vieram. Por mais que eu pedisse calma.

Agora é minha vez de escrever. Espero que você, que tanto não me ouvia, seja capaz de ler este e-mail, mensagem que pretendo que seja educada e conservadora, como você. Eu que já ouvi tanto sobre minha impaciência, sobre minha incapacidade de ouvir. Eu que tanto ouvi você dizer que eu só sabia gritar, como se você também não levantasse a voz. Seu pedido de paz era uma declaração de guerra. Aquela voz se fazia de doce apenas para melhor ressaltar a ferocidade que transportava a sucessão de acusações. Você, o equilibrado, o justo; eu, a mulher insatisfeita; eu, a sempre crítica; eu, a incapaz de ser feliz.

Nunca entendia o porquê de tantas agressões. Éramos felizes, eu achava que éramos. Eu, pelo menos, era feliz. Feliz com você, minha mulher. Feliz com meu trabalho, com minha vida, com a nossa casa. Feliz com uma rotina construída com muito esforço. Demos duro para alugar apartamento, comprar carro, ajeitar a sala. Como também tivemos trabalho para conciliar nossas diferenças, nossas angústias. Pensei que havíamos superado o que tanto nos separava. Mas bastava algum pequeno vacilo para que você me chamasse de conformista, de acomodado. Lembra? Você falava em transformar, em impedir que igrejas, nossas igrejas, fossem construídas sobre pedras. Os papas é que gostavam dessa história de construir igrejas sobre pedras. Isso seria para eles, você me dizia, não para nós. Mas eu cansei de viver sobre areia movediça.

Não, eu não era incapaz de ser feliz. Ao contrário, se errei foi porque queria muito ser feliz. Feliz mesmo, buscava uma felicidade plena, completa, corajosa. Felicidade que não fosse resultado do medo, da covardia, companheira do deixa pra lá e freguesa dos panos quentes. Felicidade não é resultado, é processo, é busca. O que é bom hoje pode não servir amanhã, melhor que não sirva. Não dá pra ser feliz tentando parar o tempo, felicidade não pode ser congelada ou guardada na geladeira. Nunca seríamos felizes na mesmice, reféns da viagem de férias e da pizza do domingo. Será que era tão difícil pra você entender isso? Talvez fosse, daí que fui obrigada a gritar, a frisar o meu desespero, minha angústia de não ser compreendida.

Cansei também de ver nossa relação se transformar num campo de provas da superioridade do pensamento dialético. Nunca fui assim tão ciumento, mas não aguentava mais ver o Hegel na nossa cama. Ele roncava, acredite. Era para vivermos numa casa, não num posto avançado da Sorbonne. O Grajaú de 2009 não era o Quartier Latin de 1968, a Engenheiro Richard não tem a ver com o Boulevard Saint-Michel. E tome tese, antítese, síntese e daí um novo e imprevisível debate, outra tese, rosca sem fim, preocupada apenas com o próprio movimento. Revolução permanente, que nos enxotava de apartamentos, de bairros, de empregos, de amigos; que aqui e ali nos apontava a direção de outros sonhos e, mesmo, de outras camas. Nossa revolução não podia ser permanente, temos prazo de validade, sabemos que a morte nos espreita, que ela, um dia, haverá de nos pegar. Não somos um país, um grupo político, nossa causa se esgotava em nós mesmos. A revolução teria que ser compatível com o nosso tempo de vida. Só queria ser feliz enquanto desse, enquanto estivesse vivo. Revolução tem que ter compromisso com a vida e era a nossa vida que estava em jogo.

Gritava para que você acordasse, não se iludisse com aquela paz de cemitérios, de pequenos sorrisos, de alegrias com cara de segunda-feira. Gritava contra suas piadas, suas tentativas de transformar minhas angústias em caricaturas, gritava contra a sua ironia, contra a sua pretensa superioridade masculina. Gritava porque não queria ficar longe de você, do seu corpo, da sua história. Não queria ficar longe do meu homem, do meu companheiro. Mas, sobretudo, não queria ficar afastada do nosso futuro, não queria conjugar o futuro no pretérito. Gritava porque a conquista se dá a cada dia, para ver se você entendia que a vida precisa ter algum sentido, que o melhor prazer ainda virá. Gritava porque minha cabeça se recusava a obedecer à ditadura do corpo que insistia em envelhecer. Não tinha, e não tenho, compromisso com a decrepitude, com o que já passou. Claro que queria também tranquilidade e conforto, colo pra que te quero! Mas, também, colo, pra que te quero? Queria uma viagem permanente. Tínhamos ainda muitas viagens pela frente.

Lamento, mas não aguentei o tranco, a marcha do seu exército. Não suportei o processo, a perspectiva de encarar derrotas como elementos táticos ou estratégicos de um processo, até porque nunca entendi a porra da diferença entre tática e estratégia. Um processo que, desculpe, ganhou ares religiosos, como aquela necessidade de se viver num vale de lágrimas à espera da redenção final. Demorei muito para ser ateu, não admitia a ideia, Deus me livre, de me tornar outro tipo de crente. Minha fé era em nós dois, na nossa capacidade de manter uma vida gostosa como a que conseguimos ter. Mas, para você, não havia chegada, apenas caminhos, os tais caminhos feitos ao se caminhar. Tudo se relativizava, se chocava, se equilibrava e se ajeitava, em busca do conflito seguinte. Eros e Tanatos se compensavam, ardiam, lutavam. Eu concordava com a tese, temia a antítese e fugia da síntese. Já achava sorte demais haver lhe encontrado. Pra que tanta ânsia, tanto movimento, tantas e tantas inquietudes? Como embarcar num trem que não chega a nenhuma estação?

Você não faz ideia de como ainda viajaríamos, do quanto ainda descobriríamos sobre nós mesmos, de quanto prazer nos proporcionaríamos. Faltou pouco, muito pouco, para que conseguíssemos mudar nossas regras, regras importadas, que vieram sabe-se lá de quem. Regras que havíamos adotado, espécie de prisão voluntária, habeas corpus invertido, compromissado com a cadeia, não com a liberdade. Você me chamava de egoísta, mas tudo o que eu queria era compartilhar com você uma aventura, aventura que comecei a viver no dia em que nos conhecemos, quando topamos entrar na vida do outro. Não havia por que parar o ritmo da nossa história. Para usar uma linguagem que você tanto admira, você se contentava com o empate ou com a vitória magra, com o um a zero, com o dois a um. Eu queria a vitória de goleada, ainda que, vez ou outra, reconheço, pudesse amargar o gosto de uma ou outra derrota.

Eu, você sabe, admirava seu tesão, sua vontade de nos fazer melhor. Quantas vezes não me senti culpado, medíocre, envergonhado? Quantas vezes não senti falta de asas nos meus pés? Você não tem ideia de como eu já quis voar ao seu lado. Você não imagina quantas vezes eu vibrei com seu improviso, com sua capacidade de fugir do roteiro, de inventar uma saída.

Admito que, algumas vezes, você me salvou de grandes derrotas. Obrigada por isso. Obrigada mesmo. Eu sei que nem sempre tinha razão, que talvez pudesse ter tido um pouco mais de tranquilidade, um pouco menos de pressa. E confesso as tantas vezes em que achei bom viver numa casa em que todas as lâmpadas acendiam e a descarga nunca ficava quebrada.

No fim, me sinto responsável por não ter conseguido acompanhar o seu passo. Mas também, desculpe, eu não me via lutando contra a nossa própria história, contra as nossas vidas. Muitas vezes vi na sua coragem uma forma de disfarçar o medo. Medo de ficar, medo de descobrir que suas teses e sua revolução podiam ter sido ultrapassadas pela nossa história. No fim das contas, não há mais tese, nem antítese, nem síntese. Pelo menos, não mais entre nós. A falta de brigas traz alívio, mas a sua ausência ainda gera muita dor. Nunca pensei que pudesse odiar o silêncio. A rosca, engraçado dizer isso, tinha um fim.

Agora, assim, por escrito, enquanto escrevo numa lan house perdida no interior da Bahia, me sinto obrigada a seguir. Depois de tudo, não consigo ver outra saída para nós dois (ainda que você não saiba quanto tempo eu levei para digitar estas últimas palavras). Tá quase na hora do ônibus partir, a mochila me espera, tenho que me desconectar. Quem sabe ainda dou notícias, não gostaria de não te ver mais. Como também preferiria não saber que a história só se repete como farsa. Lamento, mas não consigo abrir mão de gritar.

\o/

Henrique Rodrigues

> *Don't carry the world upon your shoulders*
> "Hey Jude", Lennon-McCartney

— Eu sou o Homem-Mola!
　　　— Eu sou o Multi-Homem.
— Pra mim sobrou o Homem-Fluido.

Renato olhou para os dois primos por uns instantes, deu de ombros e concordou, meio resignado, em ser aquele super-herói:

— Tá legal. Mas eu queria mesmo era ser cantor da banda.

Ao sair da estrada principal e entrar na rua esburacada, a lembrança do desenho a que gostava de assistir na infância veio junto com aquele cheiro da terra molhada. Embora tivesse passado tanto tempo, as vias permaneciam sem calçamento, e o barro tinha a mesma tonalidade entre marrom e cinza: só ali a terra era daquele jeito estranho. Ainda passavam bois? Olhando para a chuva de verão que caía, Renato começou a concluir que, naquele lugar, somente o chão e o céu nunca mudavam. Mas entre ambos não havia dúvida: tudo era diferente. A ideia da infância rupestre — como a mulher ironizava —, até há pouco tempo bem-vinda, ficava apertada, e se espremia ainda mais por ter de voltar às pressas para o local que, nos últimos trinta anos, acumulara poeira num canto abandonado da memória.

À medida que o carro se aproximava da casa, notava que os locais ermos onde brincava haviam sido tomados por invasões e posses. Mais à frente, à esquerda, procurou um morro de onde se podia descer esquiando pela grama num papelão, agora uma cobertura de puxadinhos e antenas parabólicas. Aproximando-se era possível observar que a tecnologia chegara antes de outras coisas, pois no esgoto a céu aberto, com sacos de lixo amontoados, uns garotos brincavam com um sofá velho, balançando-o, mas sem deixar virar, como se fosse uma canoa na correnteza. E não era por ali que ficava o terreno com várias árvores?

— Sobe mais, Fernando. Daqui dá pra ver uma ilha. A gente precisa chegar lá pra se livrar da tempestade — gritou Fábio. E Fernando, mais gordo, não conseguia subir até a parte mais alta. Preferia ficar nos primeiros galhos:

— Renato, pega aquela goiaba pra mim. Acho que não foi bicada por passarinho. Para de balançar!

— É o vento da tempestade, cara. Aí no convés você tá seguro. Se eu cair daqui vou afundar. Toma aí, segura! — Renato jogou a fruta para o primo.

No mato onde ficava a goiabeira-navio agora havia um clube, cujo letreiro anunciando o melhor do pagofunk impedia de olhar o interior pela frente. No retrovisor, Renato viu rapidamente algumas copas de árvores, e esboçou um sorriso entre alegre e triste. Mais à frente, algumas crianças vinham correndo de dentro dos quintais, curiosas com aquele carro que não costumava seguir por ali, exatamente como ele fez tantas vezes... Os homens que estavam no boteco improvisado numa antiga porta de garagem olharam, tentando inutilmente reconhecer o motorista. Ao notar que era apenas alguém procurando uma casa, uns cuspiram e outros assoaram o nariz.

A casa parecia menor agora, e com aparência de abandonada, com o mesmo poço na parte lateral, onde Renato havia jogado seu primeiro dente de leite. Fábio e Fernando apareceram para receber o primo, que demorou a saber quem era quem, pois a diferença de idade era pouca. A dúvida foi tirada assim que Fábio, com a calvície adiantada e prematuramente sem alguns dentes, começou a falar daquele jeito brincalhão de sempre, apesar das circunstâncias:

— Fala, Homem-Fluido!

Após os abraços e as poucas frases trocadas — muitas iniciadas com o "lembra daquela vez" —, Renato foi convidado a entrar, mas hesitou e baixou a cabeça, tentando disfarçar o medo. Os primos se olharam e compreenderam. Elogiaram o carro com um "tá rico hein?" e, em silêncio, conduziram-no para dentro. A chuva havia estiado.

Enquanto passava pelo corredor de parentes que o olhavam com repugnância, concentrou-se num ponto fixo na sala para não precisar responder a ninguém. Reconheceu a voz da tia-avó num "covarde!" que veio com trinta anos de acúmulo, o qual seria seguido por outras ofensas se Fábio não tivesse contido a idosa, que ainda gritou:

— Você é que devia cuidar dele agora!

Preferiu não responder e continuou, atravessando a sala até o quarto.

O pai chegar bêbado e espancar a mãe era uma rotina. Embora o humilhasse verbalmente, o pai nunca batia em Renato. Dizia que era para ele aprender a domar uma mulher e impor o respeito dentro de casa. Quando tentava fechar os olhos, era ameaçado de sofrer aquilo tudo com mais ênfase, "porque em homem se deve bater com vontade". Certa vez, o pai havia bebido um pouco mais e apertara tanto o pescoço da mãe com uma gravata que a mulher, perdendo os sentidos, só conseguiu apontar para as ferramentas que o chefe de família usava para trazer comida ao lar. Para um garoto de 9 anos, a marreta era bastante pesada, de modo que apenas no terceiro golpe, usando toda a força que podia reunir para acertar a cabeça do pai, é que a mãe foi solta. Fugiram apenas com a roupa que vestiam, e só alguns anos depois é que se soube dos dois. O pai ficara mentalmente comprometido, soltando uns grunhidos às vezes, mas sem estabelecer nenhuma comunicação. Quando se soube do ocorrido, alguns entenderam, como os primos, mas a maior parte da família paterna contraiu um forte ódio por eles. Por conta disso, apenas raros contatos haviam sido feitos nos últimos anos — especialmente alguns telefônicos, com os primos —, como aquele que disse "Renato, ele voltou a falar algumas coisas, até o seu nome. Vem ver o seu pai".

A figura deitada na cama parecia um menino indefeso. Renato se espantou e deu um instintivo passo para trás com o olhar lançado pelo corpo atrofiado. Mas logo depois confirmou o que haviam dito: seu pai não era mais do que uma criança.

Na TV, o jornal mostrava o show de Paul McCartney no Rio, com fãs levantando placas em que se lia NA NA NA ao final de "Hey Jude". Sem poder mover os braços, o pai começou a menear a cabeça para os lados, repetindo o estribilho com um "na na na na na na na" que continuou mesmo após a reportagem ter acabado.

* * *

Já na avenida Brasil, voltando para casa, Renato sabia que nunca mais voltaria ali, ainda que já sentisse saudade dos primos e da infância. Pensou que, no fundo, toda infância é boa. Deveria passar no supermercado para levar algo para casa, onde a mulher e a mãe o esperavam. Talvez goiabas, pois estava na época.

Começava novamente a chover e, com os vidros fechados, o cheiro das goiabas maduras invadiu todo o carro. Mesmo com o barulho agradável da chuva batendo no teto, ligou o som e tocou outra vez a música que acabara de ouvir na antiga casa. Diante daquela água que já alagava toda a avenida, Renato apertou o volante como se fosse um timão, e viu que os limpadores do para-brisa eram dois braços levantados.

While My Guitar Gently Weeps

Marcia Tiburi

While My Guitar Gently Weeps era o que se ouvia atrás da porta antes do roubo. A guitarra, uns discos daqueles antigos de verdade vinil, era só o que eu queria levar. "While My Guitar Gently Weeps" é a música que minha mãe ouve quando triste sem ter ideia do que a letra quer dizer. Talvez que a música não seja a letra, mas o espírito, e o que cumpra por nós que nela nos embalamos seja só chorar. Minha mãe, em silêncio há dias, não ouve a música. Como quem repete um disco quebrado diz para eu parar de querer as coisas da moda. O destino das mães e o destino dos discos. Passou a semana com a conversa de que só me envolvo com o que não devo, que meus pensamentos foram roubados por um deus pagão. Que em vez de pensar em guitarra eu devia trabalhar, aprender um ofício são. Ela não pensa nos deuses pagãos sentando tijolos na irrupção violenta dos prédios pelo centro da cidade enquanto sentem inveja do meu desejo, da minha fúria, ao som de um vagabundo radinho de pilhas cortado pelo bate-estaca das britadeiras, o ronco indigesto das betoneiras, de vez em quando café amargo e quieto para fingir que não se tem ouvidos.

Eu escuto o labirinto de palavras com que ela constrói nossa casa. Em geral é assim que ela não canta "While My Guitar Gently Weeps". Caminhos retos e sendas sem saída, pausas de silêncio que duram semanas até ela explodir em choro e me abraçar me fazendo nascer ontem. Então ela pede que eu leia um dos livros que estão sempre comigo sem me perguntar de onde os trago, que título têm, quem os escreveu. Pegos nas livrarias, são meus como os tênis, os relógios, uns celulares que carrego dessas lojas. Uns têm demais, outros têm de menos, o que eu queria dizer para ela é que se pode partilhar não apenas a miséria. Como o dinheiro que levo do supermercado, da farmácia ou da carteira de um descuidado. Mas ela não entenderia.

Desde que me lembro, desde a época do meu pai é assim, eu leio, ela escuta até dormir. Segue semanas nessa quietude de tanque e cozinha. Até que um dia explode em soluços, me pede que leia, eu escolho uma poesia, um conto, meia dúzia de frases, leio até o que eu escrevo. E sem lembrar que conheço esses discos muito antes do gosto dos outros, quando não pensava em levar as coisas de que preciso ou não preciso, ela me presenteia de vez em quando com uns CDs dos camelôs que vendem cópias de sertanejos e outros barulhos ali no centro, perto do lugar onde pega ônibus, o mesmo de sempre, em cuja parada ela enrola a solidão dentro da bolsa, como um dinheirinho economizado que se tem medo de gastar.

Faz tempo que minha mãe não sabe de nada.
Até ontem eu não sabia que eu também não sabia de nada.

A coisa foi toda lenta e repetitiva como é nos sonhos. Tocava, como eu disse, "While My Guitar Gently Weeps". A música da minha perseguição, vejo agora. Dois copos com vinho pela metade na mesa branca de plástico escondida sob a toalha suja de macarrão, pedaço de pão esfarelando, manteiga em papel laminado, faca de mesa, jarra com água, banco de madeira. Era a totalidade da cena que servia de moldura à porta entreaberta mais ao fundo, aquela coisa de queda em abismo, depois fui entender. Verdade que havia livros sobre o sofá e entre as panelas na prateleira acima da mesa, mas não pensei em tocar neles. Povo agora deu de ler, pensei que só eu amasse palavras e frases arrumadinhas. Quarto e sala velados um pelo outro eram o todo do alojamento, mais o banheirinho mínimo sem azulejos e aquele chuveiro onde os dois tomavam banho.

Eu ouvia o barulho da água certamente fria como a da minha casa. Se houvesse vapor o espelho na moldura vagabunda pendurado a um prego estaria embaçado. Refletido no quadrado apenas um sinal da cortina de plástico estampada de flores desbotadas. O banho demorava. O par devia estar naquela coisa de sexo debaixo d'água, combatendo o frio objetivo do momento com o calor do corpo que nessas horas é causa de toda cegueira. Na hora do sexo há quem perca até mesmo o tato aparentemente tão fundamental à causa, esquecendo-se das temperaturas, das dores, do jeito monstruoso de parto desses prazeres singelos. Nada de ruído além da água a escorrer como um choro acionado mecanicamente. A música se repetia sem parar até que a agulha da eletrola quebrou ali, na hora mesma em que acreditei poder sair do meu esconderijo e pegar a guitarra, quando já não pensava em levar os discos. Não tinha uma mochila para ajudar, saí de casa meio sem projeto fugindo de ouvir o silêncio da minha mãe, querendo me distrair, concentrar no que apaga essas angústias milenares que todas juntas o povo chama de cotidiano. Não queria era ser visto e criar problema para a minha mãe que não suportaria me ver envolvido com a polícia.

Eu conhecia um dos dois de uns anos atrás na escola. Não lembrei o nome dele, embora o tenha observado nas últimas semanas nas mesmas lojas que eu. Imaginava que a guitarra fosse tão importante para ele quanto para mim, e sabia que ele tinha pego em uma loja grande. Certamente ela faz mais falta para ele e para mim, do que para o dono da loja que nem sabe o que tem lá dentro. Era esse o meu jeito de ver as coisas. Ele fora mais corajoso do que eu que ali perdia a certeza, essa coisa entre a covardia e a coragem, de que realmente devia fazer o que pretendia. Ele era o ladrão e eu o ladrão que roubaria o ladrão.

Eu só queria a guitarra. O disco repetia o travo na fissura mínima que certamente estava ali há mais tempo. Pensei que um dos dois logo sairia do banheiro irritado com a repetição perturbadora no ponto do gently weeps, gently weeps. Entre a expectativa e o sobressalto, fiquei ali parado esperando que o corpo tenso se acostumasse novamente à monotonia, pensando que eu pudesse estar enganado e que dormiam, que a água que eu ouvia na verdade não escorria, ou que no torpor do sexo não agiam mais, tinham deixado até de ouvir. Pensei em sair do meu canto, pegar a guitarra e sair correndo. Petrifiquei ao escutar a sirene da polícia.

Os porcos entraram na casa e em segundos tiraram do banheiro os dois já mortos. Encostaram na parede, deixando-os meio que abraçados e deram um tiro na cabeça de cada um. Nunca vou entender por que é preciso matar alguém já morto. A música continuava se repetindo na fissura daquelas duas palavras como passos no mesmo lugar, marcha para lugar nenhum. Eu chorava, nunca chorei tanto, eu não sou de chorar. A água escorria dos corpos formando um fio de sangue na direção das lajotas descascadas.

Bateram a porta com força na saída. Deu tempo de eu pegar a guitarra e pular o muro de trás. Agora eu posso tocar "While My Guitar Gently Weeps". Não vou dizer para a minha mãe o que a letra quer dizer.

Blackbird

Stella Florence

Blackbird singing in the dead of night,
take these sunken eyes and learn to see.
All your life,
you were only waiting for the moment to be free.
"Blackbird", Lennon-McCartney

A pergunta que mais me fazem, tantos anos depois, continua sendo a mesma: o que eu senti quando arranquei meus olhos? Não apenas não me furto a respondê-la, como o faço com toda tranquilidade: não há medo na minha resposta, como não houve medo no meu ato.

Soube de teses que escreveram me associando à figura mítica de Édipo, como se a realidade ao meu redor fosse monstruosa demais para que eu continuasse a enxergá-la. Embora isso faça sentido, não foi algo tão racional e encaixado que me fez caminhar em silêncio até minha casa, pegar a pequena faca de cozinha sempre afiada, voltar até o monturo em que jogaram o corpo injustamente violado da minha filha e, com uma suavidade de anestesia, arrancar meus próprios olhos.

Não me preparei para praticar tal ato em público e ser, como de fato fui, filmada e fotografada em todos os ângulos possíveis, para horror da mídia internacional e dos órgãos de defesa dos direitos humanos, a fim de dar voz à minha tragédia. Não! Se ali, naquele momento, havia um tumulto com visibilidade global ou um isolamento de caverna funda, a mim, pouco importava. Eu apenas tinha de ver mais uma vez o corpo morto da minha filha e purgar em mim aquela dor imensa, caso contrário não conseguiria viver nem mais um instante.

O que senti, portanto, ao arrancar meus olhos foi um imenso alívio. Não houve dor. Nem mesmo quando, no hospital, descarnaram minhas órbitas para evitar infecções. Nada poderia doer mais do que perder minha filha numa cerimônia injusta e desumana como é o estupro coletivo. Minha pequena menina morreu durante a barbárie, mas das meninas que sobreviveram, das meninas que ainda sobrevivem, a maioria acaba por se suicidar: a vergonha é sua sentença de morte.

Mas por que vergonha? Vergonha de ser uma vítima absoluta? Um cordeiro imolado a nenhum Deus? Vergonha por ser tratada indignamente como um objeto de posse, de honra ou de vingança? Esse foi o grito cego que atravessou o mundo e me trouxe até aqui, nesta noite, para receber este prêmio: a vergonha, meus amigos, quem deve sentir são esses homens bárbaros, são os mantenedores desses costumes bárbaros, são os que se calam diante desses costumes bárbaros, são os coniventes com esses costumes bárbaros, estejam eles no Paquistão, na Inglaterra, no Marrocos, na Holanda, na China, no Quênia ou aqui na Suécia.

No ano em que minha filha morreu, outras 792 moças inocentes foram sentenciadas ao estupro coletivo no meu país por disputas materiais ou morais entre seus maridos, pais, irmãos, primos, tios e até vizinhos. A coisa se dá de forma muito simples: um homem se incomoda com uma cabra que invade seu quintal ou com um menino de casta inferior que olha de soslaio para sua filha. A briga degenera em questão de honra. A questão de honra é levada à jirga, sistema tribal de justiça com suas próprias regras, incompatível com a lei comum (cara e acessível a poucos) e com a religião (que muitas vezes se submete à força dos chefes tribais). Desse modo, por causa da cabra vadia ou do menino sutilmente curioso, uma mulher da família ofensora deve pagar. Seu nariz será arrancado ou ácido será jogado sobre seu corpo virgem ou alguns dedos serão extirpados de suas mãos diligentes ou ainda (eis a punição preferida) a mulher indicada para o sacrifício será submetida a um estupro coletivo, num local escuro para que a vítima não identifique jamais seus algozes, sendo, depois do ato, seu corpo brutalizado e seminu exposto, vivo ou morto, em frente à turba delirante. As mulheres que suportaram tal vergonha, que escaparam do suicídio e procuraram a justiça legal, foram assassinadas por sua ousadia.

Eu não tenho medo e meu cajado não me consola. A única coisa que me faz seguir de tribo em tribo, vila em vila, cidade em cidade, país em país, a expor tão sórdidas misérias, é gritar por quem não tem voz. Se hoje os estupros coletivos no meu país caíram de 804 por ano para ainda indecentes 272, número que me causa vergonha e repulsa, se há um decréscimo dessa barbárie em todo o mundo, se isso pode ser comemorado, estou certa de que vocês compreenderão o porquê de minhas mãos não levantarem a taça do brinde. Não esta noite. Não ainda. Embora caminhemos para isso, ainda não estamos livres, não somos senhoras e autoras do nosso destino, nem mesmo das nossas desgraças.

Quando meus olhos naufragaram na minha dor, quando arrancá-los se tornou um ato político, eu aprendi a ver muito mais longe. E enquanto houver um grito, um único grito abafado que seja na noite paquistanesa, eu vou continuar cumprindo meu voo cego de clarividente, vou continuar cantando através da escuridão, dessa escuridão que é toda, toda nossa.

1986

André de Leones

> *Boy, you're gonna carry that weight*
> *Carry that weight a long time*
> "Carry That Weight", Paul McCartney

Meu pai e meu irmão viajaram para o norte no final de novembro. Não me lembro do dia exato, e não há ninguém a quem eu possa perguntar agora.

Desde a noite anterior, as malas ficaram no tapete da sala esperando por eles. Disso eu me lembro bem, eram duas malas enormes (eles talvez não cogitassem voltar). Eu as rodeava, pensando num jeito de sumir com elas e impedir, assim, que eles fossem embora. Arrastá-las até o quintal e escondê-las atrás da mangueira, no escuro, cobri-las com folhas e galhos, talvez com uma lona preta. Como se soubesse o que se passava na minha cabeça, meu pai gritava de onde estivesse, do escritório ou da cozinha:

Não mexa nas malas.

Minha mãe passou o dia trancada no quarto, eu a ouvia resmungar com o meu pai sempre que ele entrava para pegar alguma coisa. Ele não dizia nada, entrava e saía mudo. Nessas entradas e saídas, eu entrevia garrafas de conhaque e de vinho no chão, ao lado da cama, e havia também um cheiro horrível que lembrava o de comida vencida, como se o quarto deles tivesse se transformado numa geladeira imunda que alguém tivesse desligado, as coisas ali dentro apodrecendo sem que ninguém se desse o trabalho de jogá-las fora.

Era muito raro que comêssemos todos juntos, à mesa, mas foi o que aconteceu pela manhã. Havia café, leite, bolachas e queijo fresco, minha mãe sentada à cabeceira, com meu pai à sua esquerda e eu e meu irmão à sua direita. Não conversávamos. Tudo o que se ouvia eram as xícaras raspando os pires sempre que eram pegas ou recolocadas e as facas de mesa raspando as torradas quando passávamos nelas a manteiga. A expressão no rosto de minha mãe era a pior possível, os olhos fundos e muito vermelhos e os lábios trêmulos, parecia que a qualquer momento ela cairia no choro, desabaria por completo ali mesmo, à mesa que ela própria fizera questão de colocar, já que não ficaremos juntos por um tempo, podemos pelo menos comer como uma família, só dessa vez, todos juntos para variar.

Aquela foi uma manhã atípica, em que fizemos coisas que não costumávamos fazer, primeiro a mesa posta para o café, todos juntos para variar, e depois, na rodoviária, os abraços que trocamos. Fiquei olhando para o meu irmão de calças compridas e camisa, a miniatura de um homem. Era apenas três anos mais velho que eu. Ele e meu pai não eram parecidos, exceto, naquele dia, pelos olhos de quem já não estava ali, mas noutro lugar, o lugar para onde estavam prestes a embarcar: os olhos deles como que já tinham se lançado na estrada, e nada parecia capaz de trazê-los de volta, de fazê-los voltar. Minha mãe também se ressentia disso, dos olhos deles, de como se comportavam, dançando com a distância antes mesmo de seguir viagem. Ela não queria que ninguém fosse embora. Queria que todo mundo continuasse ali e não se movesse jamais, para lado nenhum.

Ficamos na plataforma, as mãos dela sobre os meus ombros, enquanto meu pai e meu irmão entravam no ônibus e se acomodavam. Depois, eles acenaram e o ônibus os levou embora. Minha mãe chorou um pouco, dizendo que eles não iam demorar, logo estariam de volta, você vai ver, passa bem rápido.

Mesmo dentro da Belina, enquanto dirigia de volta para casa, ela mantinha a mão direita como que grudada no meu ombro, ausentando-se apenas para passar as marchas. A mão dela pesava um pouco mais a cada segundo, as unhas começavam a me machucar. Olhei para o rosto dela. Mesmo inchado, era bonito, os olhos claros e os cabelos longos e loiros e o formato arredondado, de lua cheia prestes a sorrir. O rosto dela sempre parecia prestes a sorrir, de tal forma que era um choque quando ela chorava, como se isso não pudesse ser admitido naquele espaço ou, pelo menos, não combinasse com ele. No entanto, ela vinha chorando tanto ultimamente que, agora, a ideia de um sorriso brotar ali é que parecia fora de lugar, absurda, quase obscena.

Ela colocou o carro na garagem e me pediu que fechasse o portão. Então, ficamos eu e minha mãe sozinhos em casa, na velocidade das coisas dentro do pesadelo.

Era tempo de férias. Os dias se alongavam insuportavelmente, o calor ardia e, às vezes, no meio do quintal, à sombra da mangueira, eu invejava a terra fria sob meus pés e especulava maneiras de me enterrar inteiro e não morrer. Foi quando me ocorreu construir um pequeno aposento, um minibunker a alguns metros da superfície com espaço suficiente para instalar um colchão com um travesseiro e uma escrivaninha na qual colocaria um abajur e algumas revistas em quadrinhos muito bem escolhidas. Uma escada desceria em espiral junto ao tronco da mangueira e mesmo quando voltasse à superfície a primeira coisa que eu teria do mundo exterior seria aquela densa sombra abençoada.

Usei parte dos trocados que meu pai me dera antes de viajar para comprar um caderno no qual rascunhei diversas plantas do minibunker. Sentado no chão, arrastava os pés e sentia a terra entre os dedos e gostava disso. Calculei que precisaria de uma pá. Teria ainda de convencer minha mãe a deixar que eu transferisse um colchão, um travesseiro, a escrivaninha e um abajur para debaixo da terra. A ideia de ir ao encontro dela não me agradava, mas eu não tinha escolha.

Fui encontrá-la sentada à mesa da copa, folheando uma revista. As janelas estavam escancaradas e o vento forte esvoaçava as cortinas como se quisesse arrancá-las. O lugar estava preenchido por uma luz branca que se refletia na camiseta também branca que a minha mãe usava e em sua pele, nos olhos e nos cabelos: ela parecia um fantasma benévolo, a alma iluminada de alguém. Bebia vinho branco de uma taça que eu nunca tinha visto antes. Notei que suas mãos tremiam um pouco. Quase perguntei a ela se sentia frio, se não queria que eu fechasse as janelas. Em vez disso, mostrei logo os desenhos que tinha feito.

Quem te ensinou essa palavra?, ela perguntou.

Que palavra?

Mini... bunker.

Meu pai um dia me explicou o que é bunker. Ele me mostrou num livro.

Seu pai?

Foi. É um lugar que você constrói debaixo da terra para se proteger.

Você não precisa de um lugar debaixo da terra para se proteger.

Acho que todo mundo precisa.

Não, não precisa. Você está errado. Seu pai fica mostrando essas coisas e te deixando impressionado. Seu pai está errado. Vocês dois estão errados. Eu preciso ter uma conversa muito séria com o seu pai.

Ele está viajando, mãe.

Eu sei, ela começou a gritar, mas se calou.

O vento circulava livre de uma janela a outra, parecia vir de todos os lados. Uma das cortinas esvoaçava para fora, como se quisesse fugir de casa.

Eu sei, ela repetiu, a voz baixa. Quando ele voltar, entendeu? Quando ele voltar.

Acho que ele ia gostar disso aí.

Não interessa. Você não vai se mudar para um túmulo.

É um bunker, mãe. Um minibunker, na verdade. Porque é pequeno. Só vai caber eu lá.

Pois eu chamo de *túmulo*. Você *não* vai se enterrar vivo. Eu não vou deixar. Não agora que seu pai e seu irmão deixaram a gente aqui e sumiram naquele fim de mundo. Não agora. Daqui a uns anos, se você quiser. Quando você já for adulto e eu tiver morrido, mas não agora. De jeito nenhum. Você precisa ficar aqui, comigo.

Mas eu vou ficar aqui com você.

A culpa é do seu pai.

Eu não vou *morar* lá embaixo, mãe.

Eu não preciso disso.

Não precisa do quê? De um minibunker?

Por um tempo, desde que se referira ao minibunker como um *túmulo* pela primeira vez, ela vinha falando como se eu não estivesse ali, como se conversasse sozinha, os olhos semicerrados, balançando a cabeça. Então, ela me encarou, eu nunca tinha visto os olhos dela tão vermelhos, ela me encarou e disse, quase gritando:

E como é que essa coisa ia se sustentar? Hein? Você não abre um oco no meio do chão e espera que ele continue assim, oco. Você não é uma minhoca ou uma toupeira, é?

Não. Eu sou uma criança, você sabe.

Pois a terra vai desabar em cima da sua cabeça de criança. Você consegue imaginar isso? Enterrado vivo com seu abajur e suas revistinhas. Consegue? Consegue imaginar uma coisa dessas?

Eu tive um pesadelo uma vez, balbuciei.

Pois eu tenho pesadelo toda noite, ela resmungou, abaixando a cabeça com tal força que eu pensei que ela fosse cair no choro ou no sono, talvez morrer.

A terra caindo na sua cabeça?, perguntei.

Depois de um instante, como se precisasse pensar um pouco antes de responder, ela levantou novamente a cabeça, os olhos estavam arregalados como se ela tivesse se lembrado de uma coisa muito ruim ou acordado há pouco de um pesadelo.

Algo do tipo, sussurrou. Algo do tipo.

Então, inesperadamente, ela me puxou com força e me deu um abraço muito forte, depois mandou que eu parasse de pensar naquelas bobagens e me sentasse à mesa e lhe fizesse companhia. Ela bebericava o vinho e folheava a revista, sempre arrumando um jeito de me acariciar as mãos ou os cabelos, eu louco para sair dali, voltar para o quintal, ir para qualquer outro cômodo da casa. A carência dela era tão grande e desesperada que eu tinha a impressão de que em algum momento ela me devoraria, a cabeça primeiro.

Eu passava os dias no quintal, brincando sozinho, pensando em um jeito de abrir um oco no meio do chão e fazer com que ele permanecesse assim, oco. Quando não estava no quintal, eu me esgueirava pelos cômodos do casarão fingindo não ouvir quando ela me chamava. Havia momentos, claro, em que ela me cercava e abraçava e dizia coisas muito doces e singelas que contrastavam com o cheiro que exalava, um cheiro de coisa defunta, como se a língua tivesse morrido em sua boca e apodrecesse lá dentro. Um pedaço escuro de carne podre, aquele cheiro. Eu sentia vontade de xingá-la e sair correndo, de vomitar, mas aguentava firme, jamais diria nada que a chateasse, que a machucasse. Prendia a respiração, esperava que ela me soltasse e então desaparecia outra vez.

Ela não dormia muito, pelo menos não nos horários normais. Passava muitas noites em claro, vendo televisão. Comia nos horários mais estranhos. Certo dia, eu a vi com um prato cheio de arroz, rodelas de tomate e batatas fritas às oito e pouco da manhã. A cada dois ou três dias, varria o casarão. Não passava a vassoura por todos os cômodos, apenas pela sala e pelos nossos quartos, às vezes pela cozinha. Ela se cansava, bebia mais um pouco e cochilava no sofá. Eu afagava os cabelos dela. Todo o cuidado para que ela não acordasse. Postado atrás dela, a uma distância segura daquele cheiro.

O casarão seria demolido não muitos anos depois, uma construção do final do século XIX cujas paredes derruídas sugeriam mais história do que o lugar tinha na verdade. Era só uma casa muito velha e malcuidada, sem nada de especial. O que havia eram histórias de fantasmas envolvendo antigos moradores do lugar, coisas repetidas em noites de verão quando os primos se amontoavam em algum quarto, luzes apagadas, a fim de assustar e serem assustados. Alguém, por exemplo, teria se enforcado na despensa, coisa que meus pais negaram categoricamente para depois ralhar com os mais velhos, parem de assustar os menores. Os defuntos tinham nomes. Era isso o que mais assustava, o fato de que até mesmo uma alma penada pudesse ter um nome e, pior, que esse nome pudesse ser pronunciado, não por mim, eu não era louco, mas por qualquer outra pessoa, pelos meus primos, pelo meu irmão ou até mesmo pelos meus pais.

Mas isso fora em outros verões, quando a casa se enchia de primos e primas e o mundo e as coisas tinham cheiro de Natal e as férias pareciam intermináveis. Agora, meu pai e meu irmão estavam fora como nunca tinham estado antes e no casarão restamos eu e minha mãe, sozinhos, e o telefone que, uma vez a cada dois dias, como se encarnasse a distância daqueles que ligavam, parecia tocar não sobre a mesinha junto ao sofá da sala, mas dentro de um pesadelo repleto de estradas intermináveis e pessoas que simplesmente iam embora e desapareciam lá adiante, na poeira.

Na véspera da partida, meu pai me levou até o escritório e abriu um enorme mapa sobre a mesa.

Nós estamos aqui, ele disse, apontando para um ponto minúsculo no centro do mapa. Eu e seu irmão viajaremos para cá.

Acompanhei o dedo que subia e subia e quase me perdi. Era uma distância enorme, maior do que um braço esticado do meu pai, quase tão grande quanto o próprio mapa. Eles viajariam até o fim do mapa, e eu não conseguia imaginar um lugar tão distante ou que duas pessoas pudessem percorrer uma distância daquelas assim, sem mais nem menos, feito aquele dedo. Temi que meu pai e meu irmão não conseguissem voltar ou, pior, que demorassem tanto tempo para voltar que não se lembrariam do meu nome, do nome da minha mãe ou de seus próprios nomes, dois andarilhos desmemoriados, sujos e empoeirados como os vaqueiros que eu costumava ver à beira da estrada quando, em certos domingos festivos, íamos todos almoçar na fazenda do meu tio, único irmão do meu pai.

Naquela noite, no escritório, depois de mostrar para onde viajaria, meu pai explicou que a razão de tudo era uma excelente oportunidade profissional, e que levaria o meu irmão porque ele nunca tinha viajado para tão longe de casa e da mãe, coisa imprescindível, ele disse, para o amadurecimento de qualquer pessoa. Eu gostava quando o meu pai usava aquelas palavras, "oportunidade profissional", "imprescindível", "amadurecimento", por mais que não compreendesse a maior parte delas e, no entanto, de alguma forma, soubesse exatamente o que ele queria dizer.

A gente vai ficar quarenta dias lá, continuou o meu pai, e, conforme for, se as coisas derem certo, a gente volta e busca você e a sua mãe. De acordo?

Então, eu me imaginei fazendo aquele trajeto. Uma viagem interminável, até o fim de tudo. Senti um aperto no coração, mas fiz um esforço tremendo para sorrir. Meu pai gostou de me ver sorrir, como se toda a aventura dependesse exclusivamente disso, de um sorriso meu, de eu estar *de acordo*, e disse:

Você tem que me prometer que vai cuidar da sua mãe enquanto eu e seu irmão estivermos fora.

Nas semanas seguintes, observando a minha mãe se arrastar bêbada pelo casarão e chorar desgraçadamente ao telefone sempre que o meu pai ligava ou que ela própria ligava para alguma amiga a fim de desabafar, era o que ela dizia sempre, você está aí?, eu preciso desabafar, eu não aguento mais isso, não aguento essa história, eu sentia crescer algo que ainda não conseguia nomear, algo que na verdade *nunca* consegui nomear, uma sensação terrível de insegurança, uma espécie muito particular de terror, algo que parecia vir de fora, talvez do alto do mapa, do lugar onde o dedo do meu pai finalmente estacionara, mas que na verdade nascia e crescia ali mesmo, dentro da minha mãe, feito um bicho alienígena que a qualquer momento irromperia dela, costelas abertas para fora como se quisessem abraçar o mundo, essa coisa nascia e crescia dentro dela e se espalhava, ensombrecendo tudo, e penetrava os meus poros e também se tornava parte de mim.

Você tem que me prometer que vai cuidar da sua mãe enquanto eu e seu irmão estivermos fora, dissera o meu pai, e eu concordara, como não concordaria?

Mas, agora, não fazia a menor ideia de como cuidar dela ou, pelo menos, fazê-la simplesmente *parar*.

O que crescia em mim, graças à minha mãe, vindo dela, era a ideia aterrorizante de que não existe nada mais fantasioso do que a estabilidade, que as coisas não precisam de mais do que um sopro ou de um pequeno empurrão para degringolar, de que tudo está sempre a um passo do desastre.

No dia do aniversário da minha mãe (meu pai e meu irmão só voltariam dali a três semanas), as amigas dela invadiram o casarão logo cedo com pratos e mais pratos de comida e garrafas de cerveja e de refrigerante. Ela ainda não tinha bebido muito naquele dia. Estava sentada na sala assistindo à televisão, a taça de vinho sobre o braço do sofá, quando elas entraram sem bater ou tocar a campainha, meia dúzia de tias sorridentes falando ao mesmo tempo e carregando sacolas com garrafas e vasilhas cheias de comida.

Levaram a mesa da copa e as cadeiras para o quintal e logo estavam todas sentadas à sombra da mangueira. Falavam ao mesmo tempo, e cada vez mais à medida que bebiam. Uma delas colocou um toca-fitas sobre a mesa, as pilhas estão novinhas, disse, o que vocês querem ouvir? Minha mãe se levantou, fazia muito tempo que eu não a via tão animada, espera, espera, correu até o casarão e voltou logo em seguida trazendo uma fita cassete.

É dos Beatles, disse, ofegando muito.

Beatles? Não tem nada mais *novo*?, alguém berrou.

É o *meu* aniversário ou o quê?, minha mãe rebateu, já encaixando a fita.

Muitos anos depois, eu encontraria essa fita jogada em uma gaveta, toda carcomida e imprestável. Era uma fita original, e eu a reconheci pela foto na capa, dos quatro, um deles descalço (isso me impressionou muito naquele dia, um homem adulto atravessando a rua descalço, quando peguei o estojo e me sentei sob a mangueira, as costas apoiadas no tronco, enquanto, à mesa, elas seguiam falando pelos cotovelos, gritando umas com as outras e rindo, rindo muito), e bastou olhar para a foto, para os pés descalços de Paul McCartney, para que eu me lembrasse como tudo acabou, a estranheza daquele detalhe remetendo diretamente ao modo como as coisas se deram ali.

O que aconteceu foi que, em algum momento, elas já estavam ali fora há um bom tempo, a fita sendo ouvida pela terceira ou quarta vez (É o *meu* aniversário ou o quê?), a minha mãe se levantou e correu outra vez para dentro do casarão: de alguma forma, em meio à barulheira das amigas e do som ligado, ela ouviu ou, talvez seja melhor dizer, adivinhou o telefone tocando lá dentro. Voltou dez minutos depois. Não corria como antes, ao trazer a fita dos Beatles. Tampouco sorria. Sua expressão estava mais próxima daquela à mesa do café, na manhã em que meu pai e meu irmão partiram, os olhos vermelhos fundos, os lábios trêmulos como se tudo ao redor, pessoas e coisas, como se tudo a apavorasse terrivelmente.

Ela se aproximou, eu ainda estava sentado no chão, agachou-se e disse, com uma voz irreconhecivelmente embargada, que o meu pai tinha ligado.

Ele deixou um abraço para você. Um abraço bem forte, ele está com muitas saudades. Sabia disso? Que ele está com saudades? Que ele sente a sua falta? A minha?

Então, sem qualquer aviso, logo depois de se calar, quando eu pensei que ela se levantaria e retomaria o seu lugar à mesa e na festa, suas amigas seguiam bebendo e falando ao mesmo tempo, pareciam estar noutro lugar, noutra dimensão, pareciam vivas e nós dois, eu e minha mãe, mortos, dois fantasmas assombrando o casarão, ela me sufocou com um abraço e o cheiro putrefato que exalava pela boca, a língua podre lá dentro, ou como se ela tivesse engolido o corpo dependurado pelo pescoço num dos cômodos, na despensa, o defunto de que meus primos mais velhos falavam para me assustar, de alguém que vivera e morrera no casarão, ela me abraçou por muito tempo e com muita força, eu não conseguia respirar, suas unhas machucavam as minhas costas e o meu pescoço, tanto que uma de suas amigas se virou para trás e disse a ela que me soltasse, deixa o menino, sua cerveja está esquentando. Quando ela afinal me soltou, eu tossi e a empurrei com uma das mãos, sai daqui, ela quase se desequilibrou, por muito pouco não caiu sentada no chão, olhando para mim como se não me reconhecesse, como se ela própria não tivesse ideia do que fazia ali me agarrando daquele jeito, com aquela força. O meu pescoço e as minhas costas ardiam um bocado.

Sai daqui, eu repeti.

Ela abriu um sorriso demente, torto, um sorriso anormal, seu rosto agora tão vermelho quanto seus olhos, a lua vermelha de um planeta alienígena, e disse, repetiu:

Seu pai ligou. Ele te deixou um abraço. Disse que estava com saudades.

Eu quis gritar com ela, dizer que ela já tinha dito aquilo, que eu já sabia do abraço e das saudades do meu pai, que eu já sabia de tudo, de toda aquela merda, mas não disse nada, levei a mão esquerda ao pescoço que ardia a baixei a cabeça. Mesmo cabisbaixo, consegui vê-la se levantar, cambalear até a mesa, puxar uma cadeira, sentar-se e, como se estivesse ali sozinha, como se não tivesse recebido a visita de ninguém naquele dia, o dia de seu aniversário, tapar o rosto com as duas mãos, apoiando os cotovelos na mesa, e chorar convulsivamente.

Something

Marcelo Moutinho

You're asking me will my love grow
I don't know, I don't know
"Something", George Harrison

— Mas "Something" não é uma música sobre separação — ele disse.

Eu havia acabado de comentar com o Vítor como "Something" se tornara uma canção especial para mim, sobretudo nos últimos anos.

— Já que estamos falando dos Beatles: "Yesterday", sim, é sobre separação.

Não gostava de "Yesterday". Aliás, de nenhuma outra canção dos Beatles. Eles sempre me pareceram uma banda para garotos, não para homens.

— "Something" é sobre alguém que se apaixona. Em processo de apaixonamento. E que ainda não sabe se vai chegar lá. Como vamos ver ao longo da aula.

O professor Richard era um sujeito de meia-idade. Um bigode demodê marcava o rosto, e a fala disfarçava a autoridade que, no entanto, acabava se revelando no modo firme como cravava o pilot azul no quadro branco. Um som irritante.

Nos pouco mais de quarenta minutos em que estivemos em sala, ele traduziu a letra, verso por verso. Não se limitava a verter as palavras do inglês para o português, mas comentava os possíveis sentidos — que, na fala de Richard, tornavam-se imperiosos, solapavam qualquer dúvida de interpretação.

Eu era um intruso naquela sala. Entrei por insistência do Vítor.

— Me encontra no curso de inglês e a gente vai para a festa depois. Fica mais fácil.

Como cheguei muito cedo, ele pediu autorização ao professor para que eu assistisse à aula.

— Assim você aprende alguma coisa de inglês.

É claro que eu conhecia algumas palavras do idioma. You. Table. Love. Sale. Essas palavras que a gente vê muito aqui no Brasil. "Something", eu sabia que significava "alguma coisa". Mas não que era alguma coisa na maneira como ela se move, e que atrai, como o professor Richard ensinou.

— You're asking me will my love grow / I don't know, I don't know. Aqui, os compositores acenam para a expectativa, e para a incerteza, da mulher quanto à potência do amor que o protagonista sente por ela. Percebam a rima entre "grow" — do verbo "crescer" — e "know" — do verbo "saber", ou "conhecer".

Enquanto o professor Richard falava, Vítor mantinha os olhos presos no quadro onde, por contraste, a letra de "Something" se destacava em azul. Fazia anotações. Eu, afundado na cadeira, apenas ouvia.

* * *

A capa do CD era toda branca, não havia nada escrito além de "Para você, com amor", em letra minúscula, arredondada, tímida. A letra de Amanda.

"Something" abria o disco, uma espécie de coletânea das músicas que, acreditava ela, iriam compor a trilha sonora do nosso namoro. Era a única canção em inglês, de um repertório que incluía umas coisas lado B do Caetano, do Djavan e do Lobão.

— A gente nunca teve músicas nossas. Agora tem.

Amanda parecia desconhecer que eu não gostava dos Beatles. Se sabia, talvez tivesse feito de propósito: inaugurar o disco-símbolo de nosso namoro justamente com uma canção daqueles molecotes ingleses. Ela os adorava e, ao contrário de mim, era capaz de entender o inglês.

O engraçado é que, embora eu duvidasse dos efeitos práticos de uma tentativa tão forjada, algumas músicas realmente se transformaram em referência para nós dois.

Na primeira vez em que coloquei o disco para tocar, estava sozinho. Foi no mesmo dia em que ganhei o presente, logo após Amanda ter saído.

— Só vim aqui trazer seu presente — ela avisou, antes de seguir para a faculdade.

Aos poucos, nos acostumamos a ouvir o CD na companhia um do outro. No som do carro, quando viajávamos para Penedo ou Arraial do Cabo. Na casa dela, tomando vinho tinto e comendo bobagens. Na minha casa, sonolentos, depois de transar.

* * *

Quando a aula terminou, agradeci ao professor Richard, que recomendou que eu fizesse um teste de nivelamento e me matriculasse na nova turma.

— Vai abrir no mês que vem. E é bom ter cuidado: você pode não saber o que está cantando — ele falou no meu ouvido, com uma discrição que destoou da gargalhada explosiva de logo em seguida.

Vítor escutou e insistiu que eu devia mesmo fazer o curso, parar com a implicância.

— Partiu festa da Marcinha? — cortei de pronto, evitando ter que explicar mais uma vez por que acho o inglês uma língua banal.

Ele concordou e nos encaminhamos para o elevador.

Minha pergunta carregava um tom de intimação que falseava. Era Vítor quem acumulava expectativas para a tal festa. Depois de oito anos de casamento, ele vivia aquela fase em que o deleite da busca é muito maior que o prazer do encontro. E eu, no fundo, temia um encontro. O encontro com Amanda.

— Pode deixar que não vou colocar o disco dos Beatles — Vítor gracejou quando entramos no carro dele.

— Agora que eu entendo tudo, comecei a amar os Beatles — e, mesmo sem disposição para versejar gracejos, procurei manter o clima amistoso.

— Você sabe que a Amanda pode estar lá, né?

Sim, eu sabia. Ela conhecia a Raquel, de quem começara a se tornar mais próxima depois que nos separamos. No circuito carioca das balzaquianas solteiras de classe média, a harmonia (e as inevitáveis colisões) se impõe rapidamente, e foi o que aconteceu com as duas.

— Não vamos ter problemas, né?

E por que teríamos? Já fazia tempo que eu estava longe de Amanda, e ela até andava saindo com um cara. Somos civilizados.

— Vocês são civilizados...

* * *

No dia em que Amanda foi embora, ouvi o CD durante pelo menos uma garrafa de Red Label. A madrugada misturava ao malte flashes da história a dois, as músicas me fazendo escorregar no limo da memória. O susto da primeira vez em que acordamos juntos, na minha cama. As ressacas curadas na cachoeira e em banhos de mar. O dia em que ela bateu a porta do meu carro e disse que nunca mais ia voltar. As voltas, o resplendor de todas as voltas.

A manhã seguinte, cobrindo a cidade de sol, mentia para mim. Agora não haveria voltas.

Quando acabei de pegar no sono, o Vítor tocou lá em casa, preocupado.

— Quer tomar uma cerveja?

— A essa hora? — e no mesmo momento me surpreendi pela inversão de papéis: ele, topando ir beber às oito da manhã para consolar o amigo; eu, o amigo, acionando os mecanismos do rigor.

— É. Agora. Partiu Nova Capela.

Mal me lembro do que o Vítor me disse, ou mesmo do que eu disse, durante aquele desjejum com chope e patê de fígado. Apenas de uma frase do Vítor, que mais tarde descobri que ele roubou do Drummond.

— De tudo, fica um pouco.

* * *

Às vezes, fica um rato, foi o que escreveu Drummond, mas isso o Vítor não falou.

— Você lembra daquela sua frase?

— Frase?

— De tudo, fica um pouco.

— Ah, sim, ainda acho isso.

— É do Drummond.

— É?

— É.

— Não sabia. Mas o que isso tem a ver?

— Amanda.

— O que tem a Amanda?

— O que ficou dela.

— ...

— "Something". Foi "Something" o que ficou dela.

— A música da aula.

— Sim.

— Que merda, já vi que não devia ter falado para você entrar. E se ela estiver na festa?

— Nada.

— Nada o quê?

— Não vai acontecer nada.

— Sei lá, você tá estranho. Acho que a aula te fez mal.

— Não é uma música sobre separação.

— Não, não é. O professor mostrou.

— Mas é.

— Não, não é. E estamos chegando. Por favor, segura as pontas. Se a Amanda estiver na porra da festa e você se sentir mal, disfarça, faz uma social e se manda.

* * *

Amanda estava na festa. Com um vestido verde-claro, pequenos desenhos de flores, queimada de sol. Linda.

Falei com ela, que me apresentou o Carlos.

— Ele foi meu professor lá no mestrado. Você sabia que eu defendi? Já posso até dar aula.

Dei parabéns a ela e ao professor Carlos.

Falei também com a Raquel, com a Rosana, com a Rê, a turma toda. Entre a cerveja e o prosecco, escolhi a cerveja. No resto da noite, conversei, dancei, botei pilha no Vítor para ele chegar na prima da Raquel. Foi uma boa festa.

Como a moça cedeu ao papo do Vítor e já estava tarde, decidi ir embora.

— Você jura que não quer esperar? Te dou carona de volta?

Não, eu quero mesmo andar um pouco, deixar a bebida descer.

— Se cuida. Amanhã falamos.

Caminhei por três ou quatro quarteirões, as ruas vazias, até ver um táxi.

— Para a Glória, por favor.

O taxista parecia concentrado no noticiário estridente de uma rádio AM. Entre curtos boletins do tempo e do trânsito, debatia-se uma pesquisa segundo a qual o hábito de comer à noite atrapalha o ritmo do organismo. Ele não puxou papo.

— Senhor... — tomei a dianteira.

— Pode falar.

— O senhor sabe falar inglês?

— Não. Mas tô pensando em aprender, a cidade tá cheia de turistas, a gente começa a perder viagem quando não entende o que eles falam. É que nem não ter ar-condicionado no carro.

— Verdade. É importante. Cada vez mais importante.

Não falei mais nada, nem ele. Enquanto o carro vencia a Zona Sul em direção ao Centro, lembrei do professor Richard — e da Amanda. Alguém em processo de apaixonamento, pensei. E que não sabe se vai chegar lá.

— Já estamos na Cândido Mendes. Qual é o número? — o taxista me interrompeu.

— Pode me deixar na esquina com a Hermenegildo de Barros.

Agradeci, paguei a corrida e desembarquei.

No balcão da padaria ao lado de casa, pessoas com cheiro de banho recém-terminado tomavam café, de saída para o trabalho. Um burburinho de dia que começa.

Amor incondicional

Rafael Rodrigues

Nobody ever loved me like she does
Oh, she does. Yes, she does.
And if somebody loved me like she do me,
Oh, she do me. Yes, she does.
"Don't Let Me Down", Lennon-McCartney

Tiro os óculos, me deito na cama e fecho os olhos para quem sabe assim enxergar melhor as coisas, mas de nada adianta. Não consigo entender a atitude dela.

Há tempos nada dá certo para mim, e, consequentemente, isso prejudica a nós dois, adiando não apenas meus planos de vida, mas também os dela.

Tudo começou quando abandonei meu emprego relativamente tranquilo em uma empresa de cartões de crédito para me dedicar à banda de rock que formei com alguns amigos. Passei anos economizando dinheiro para um dia poder fazer essa loucura, como definiram muitos. Poderia ter seguido na empresa e quase certamente ser novamente promovido, ter uma vida ainda mais tranquila, investir o dinheiro em imóveis ou em algum negócio, algo que valesse mais a pena do que uma banda de rock, mas enfim.

Na época, achávamos que, se nos concentrássemos apenas na banda, poderíamos conseguir uma boa gravadora, quem sabe uma grande, para lançar nosso disco. No final das contas, todos nós teríamos uma vida tranquila, porque tínhamos como certo o sucesso. Isso porque, em nossos shows casuais, em bares e festas de amigos ou conhecidos, sempre nos elogiavam, perguntando por que não gravávamos um disco para iniciar nossa carreira profissional.

Dos quatro, era eu quem tinha o melhor emprego. Pedro, o baterista, trabalhava em uma loja de departamentos em um shopping; Jorge, o guitarrista, trabalhava na oficina de carros do pai; e Paulo, o baixista, tinha uma banca de revistas localizada em uma das mais movimentadas avenidas da cidade. Assim como eu, todos abandonaram seus empregos. Somente Paulo pôde manter a banca, colocando um primo em seu lugar durante algum tempo.

Levamos quatro meses para compor as canções e gravar o disco, coisa que fizemos em um estudiozinho vagabundo da cidade. Era o que podíamos pagar, pois preferimos investir alto nos instrumentos, o que acabou sendo um erro clamoroso. O dinheiro que sobrou para o estúdio foi muito pouco, e a gravação não ficou tão boa quanto esperávamos. Isso não nos desanimou, é claro. Afinal, nossas músicas eram boas e éramos — ainda somos — bons músicos. Como dizem, isso é meio caminho andado para o sucesso. O problema é que ele, o sucesso, não veio.

Depois de gravado o disco, enviamos o material para várias gravadoras. O tempo passou, as respostas não vieram, e eu estava praticamente sem um centavo. Assim também estavam Jorge e Pedro. Paulo, não, pois a sua banca ia de vento em popa. Sendo assim, tive de recorrer a meu ex-chefe, que ao longo dos anos passou a ser quase um amigo, e ele acabou me indicando para outro emprego — de salário menor, é certo, mas ao menos não passaria por um grande aperto. Pedro conseguiu um novo emprego, também no shopping, e Jorge voltou a trabalhar com o pai. Isso, para nós, era como levar um tapa na cara diante de milhões de pessoas. Melhor: era como sermos expulsos do palco para dar lugar a alguma banda ridícula, como essas coloridas que andaram surgindo nos últimos anos.

Mas não desistimos do nosso sonho, e, munido de um bom histórico bancário, consegui um empréstimo para lançarmos nosso disco por conta própria. Venderíamos em nossos shows de ocasião e tentaríamos colocá-lo à venda em alguns pontos alternativos, como a própria banca do Paulo e a oficina do pai de Jorge.

Fizemos um show para oficializar o lançamento — tivemos que pagar pelo aluguel do espaço, claro —, e a quantidade de CDs vendidos foi animadora, nos deu novo gás, novas esperanças. Fomos até convidados para fazer alguns shows em cidades vizinhas, mas não pudemos aceitar todas as propostas por conta do horário de trabalho do Pedro. Ele não tinha como conseguir seguidas folgas nos fins de semana, e ele também se recusava a pedir demissão de outro emprego. No calor da hora, chegamos a discutir, mas hoje, pensando bem, ele estava coberto de razão.

Tivemos que fazer alguns shows sem ele. Para o seu lugar convidamos um outro amigo nosso, o Ricardo, que não era tão bom na bateria como o Pedro, mas dava para o gasto, além de conhecer nossas músicas como ninguém. Ele era alguns anos mais novo que nós, tinha 21 na época, e sempre esteve presente em nossos ensaios, imagino que esperando surgir uma vaga na banda para ele. O que acabou acontecendo.

Nosso nome estava começando a ficar mais conhecido, e fomos convidados a fazer um show na capital, em um bar alternativo muito conhecido por ter sido o berço de várias bandas de rock do estado — algumas delas conseguiram reconhecimento nacional, e ficamos em êxtase com a oportunidade. Porém, nem tudo são flores, e o Pedro mais uma vez não poderia ir conosco. Se a nossa discussão anterior tinha sido feia, desta vez a coisa foi ainda pior. Ele foi expulso da banda. Ricardo foi integrado e dias depois fomos à capital fazer o show.

Colocar a culpa do que aconteceu lá no nervosismo não é tão absurdo. Estávamos tensos não apenas pelo que aquilo representava para todos nós, mas também pela séria discussão ocorrida dias atrás. Resumindo: aquele foi, de longe, o pior show de nossa carreira, se é que podemos dizer que tivemos uma carreira. Não chegou a ser humilhante, mas parecia que não éramos nós no palco. Parecia uma outra banda, sem vibração alguma, sem alegria de tocar.

Faço meu mea-culpa e admito que nem mesmo eu, acostumado a plateias mornas, consegui contagiar toda aquela gente ávida por conhecer a banda que vinha ganhando terreno no interior. No fundo, eu estava muito triste com a saída de Pedro. Principalmente por ter sido motivada por um sucesso nosso. Se aquilo estava acontecendo enquanto éramos praticamente anônimos, o que aconteceria se ficássemos famosos?

Voltamos da capital calados, todos ainda tentando entender o que tinha acontecido. Era a nossa chance, a noite que poderia nos alçar como uma das revelações musicais do nosso estado. E tudo deu errado.

Chegando em casa contei a ela o que acontecera. Ela, como sempre, me incentivou, com palavras de ânimo e consolo. Disse que eu precisava relaxar e que no dia seguinte iríamos jantar na casa de um casal de amigos, era aniversário de casamento deles. Como acontece em ocasiões como essas, os homens ficam conversando sobre futebol, política e economia de um lado, e as mulheres ficam do outro, falando sobre filhos, casamento, alta de preços no comércio e que tais.

A banda seria assunto, com certeza, de um lado e do outro. Todos ali sabiam as loucuras que eu havia feito para levar o projeto adiante, e todos também sabiam que ela nunca tentara me fazer desistir, que ela sempre se mantivera ao meu lado, apesar de tudo. Ninguém entendia aquela postura, aquela força que ela tinha dentro de si. A isso chamam amor incondicional.

A casa era ampla, mas estávamos no campo de visão um do outro, e às vezes eu a observava. Seu rosto não demonstrava preocupação ou aborrecimento com a nossa situação, que ficara um tanto desconfortável depois dos gastos que tive com a banda, mesmo suas amigas dizendo que eu era um maluco de levar adiante uma ideia daquelas. E ela não estava fingindo que estava bem, que não via problema algum em eu lutar por algo em que acreditava. Ela verdadeiramente me defendia, e eu não consigo entender — na verdade, não consigo aceitar — essa postura.

Quando comentaram sobre a banda, e nesse momento falaram alto para que eu ouvisse, porque queriam que eu explicasse o que acontecera, ela tomou a palavra e disse que ter uma banda de rock não é fácil em lugar nenhum. E em uma cidade como a nossa, que não dá valor à boa música, a situação é ainda pior. Disse, também, que nosso disco era muito bom, que muita gente havia elogiado, inclusive outros músicos, e que simplesmente não tínhamos dado sorte ainda — com ênfase no ainda —, mas que mais cedo ou mais tarde "o João e os meninos vão estourar, vocês vão ver".

Enquanto ela dizia isso, seus olhos brilhavam, e ao fim do discurso sorria. Todos ali viram que suas palavras vinham do coração, e eu nada mais tive a dizer.

Mas por mais que digam que isso é uma prova do amor que ela tem por mim, eu não me conformo. Não consigo mais suportar essa fé que ela tem em mim, esse amor incondicional. Eu a decepcionei seguidas vezes, poderíamos ter uma vida bem melhor do que temos, e ela continua me amando, um amor como jamais vi igual.

E a verdade é que ela não merece ter um fracassado como eu ao seu lado. É por isso que, agora, vou mais uma vez decepcioná-la. Vou magoá-la e fazê-la infeliz. Eu não aguento mais esse amor. Eu vou embora.

Carta de são Paulo ao apóstolo João

Felipe Pena

There will be an answer
"Let It Be", Lennon-McCartney

1. Saudação. Sou Paulo, servo desta congregação, chamado a ser apóstolo por João, a quem endereço esta carta, minha penitência e minha redenção, segundo o espírito santificador, a partir de vossa ressurreição.[1]

2. Ação de graças. Antes de tudo, dou graças à Igreja mediante vosso nome, pois em todo mundo se ouve falar de vossa fé nestes tempos difíceis em que me encontro. Os versículos a seguir anunciam a vossa glória, despem-se de suas rimas, e, no espírito daqueles a quem sirvo, são testemunhas de que vos lembro em minhas orações e vos deixo estar na luz que brilha até o amanhã. Em verdade, desejo ver-vos a fim de comunicar um dom espiritual para vos confirmar ou, melhor, para me animar convosco pela mútua comunhão de nossa fé, a vossa e a minha.[2]

---

[1] As cartas da época foram redigidas segundo o formulário epistolar helenístico do rock, que consiste em uma introdução contendo os nomes do remetente e do destinatário e uma saudação inicial, além da ação de graças, que pode ser acompanhado de uma oração pelo remetente.

[2] Na ação de graças, Paulo confirma sua comunhão com João e reza por ele, conforme descrito no formulário. Entretanto, não segue as normas referentes a versículos curtos e os confunde com capítulos, o que também di-

3. Tema geral. Com efeito, não me envergonho do evangelho que edificamos. Ele é uma força para a salvação de todo aquele que crê: em primeiro lugar do inglês, e em segundo do ianque a nos pedir socorro na longa e tortuosa estrada. Pois a justiça do evangelho se revela de fé e, conforme está escrito, o justo vive da fé. Glória, pois, ao evangelho.[3]

4. A chaga dos pagãos. A ira da Igreja se manifesta no céu em diamantes e irrompe sobre toda a impiedade e injustiça daqueles que aprisionam a verdade. Os mesmos que o conheceram e não o glorificaram, nem lhe deram graças, João. Em vez disso, perderam-se em raciocínios falsos, vindo a obscurecer-se o coração insensato destes pagãos em trevas eternas. São murmuradores, caluniadores, insolentes, soberbos, fanfarrões, maquinadores do mal, desleais, miseráveis.[4]

---

ferencia esta epístola de todas as outras que escreveu, como se, numa certa medida, já estivesse cansado das normas e quisesse deixá-las pra lá.

[3] O mesmo formulário determina que o tema da epístola esteja logo no começo do texto. Mas nem sempre ele corresponde à verdadeira intenção do autor, conforme se pode observar em muitos outros textos do período helenístico do rock. Neste trecho, além de separar as etnias (atitude comum na época), Paulo enuncia o resumo de toda a sua pregação: o evangelho é a força que salva. E condição única para isso é o homem entregar-se à Igreja mediante a fé. Pois o homem não tem outro meio para se libertar da condição de pecador: nem ritos, nem sistemas filosóficos, nem poderes cósmicos ou humanos. A fé, porém, não é atitude passiva; é a certeza firme e contínua de que o projeto divino se realizou em João e continua se realizando no meio dos homens através de Paulo. A fé leva o fiel a viver uma nova dinâmica de vida: o homem deixa de ser receptor passivo e se torna, junto com João e Paulo, agente ativo de salvação dentro da história.

[4] No quarto versículo já é possível notar uma pequena mudança pronominal, o que ficará ainda mais acentuado nos versículos seguintes. E ainda verificamos a glorificação do destinatário pelo remetente, antecipando a crítica que fará a seus inimigos e aos responsáveis pela separação dos apóstolos, o que, para muitos comentadores, é o verdadeiro objetivo desta epístola. Vale lembrar que, alguns anos antes, Paulo considerava blasfemo o culto a um messias e a submissão de todas as nações ao domínio da lei. Somente o espírito de sábias palavras, que lhe apareceu no caminho da Terra Santa, foi capaz de convencê-lo do contrário. Paulo recebeu, assim, a mis-

5. A chaga dos ingleses. Por isso, inglês, quando julgas os outros, a ti mesmo te condenas, pois praticas as mesmas coisas. Horas de escuridão permanecem à tua frente, sem palavras sábias para te consolar. Todos que pecaram sem a lei, sem a lei também perecerão. Os que pecaram pela lei, pela lei serão julgados. Quando, pois, os pagãos, que não têm lei, cumprem naturalmente os preceitos da lei, eles mesmos, não tendo lei, são para si a lei. Mas tu que tens um nome inglês, que te apoias na lei e pões teu orgulho na Igreja, que conheces a vontade dela, sabes discernir o que convém. Tu não tens desculpas: move-te.[5]

6. A chaga dos ianques. Eles esperaram por nós até a noite mais difícil e nos levaram a seus templos iluminados, trabalhando como cães. Foram convertidos ou nos converteram? Em muitos casos, até puderam ser circunscritos pela marca da igreja. Em outros, apenas professaram a fé, mesclando suas crenças com as nossas. A circunscrição é útil quando você pratica a lei; mas, se você desobedece à lei, é como se não estivesse circunscrito. Se um pagão não circunscrito observa os preceitos da lei, não será tido como circunscrito, ainda que não o seja?[6]

---

são de pregar a doutrina aos pagãos. E, em alguns casos, como nesta carta, imbuiu-se de avisar ao próprio João sobre os pagãos que não se deixavam doutrinar, em especial os orientais, como se verá dois versículos a seguir.

[5] Muitas das epístolas da época eram endereçadas a povos, etnias, civilizações. E, mesmo naquelas cujo destinatário estava identificado, incluíam-se passagens coletivas, ainda que a estratégia narrativa fosse utilizar o tratamento pessoal, como se a carta falasse a todos através de um indivíduo. Daí a utilização do pronome "tu", que, obviamente, não se refere a João, mas ao inglês comum, cuja origem étnica deveria lhe proporcionar condições mais apropriadas para seguir no caminho da lei e da Igreja.

[6] Paulo continua a analisar o sistema de vida dos ingleses na comparação com os ianques. Ele é mais severo ainda, e reforça a ideia de que o inglês não tem força moral para julgar, conforme escreveu no versículo anterior. De fato, os ingleses receberam a revelação e conhecem a lei. Apesar disso,

7. A chaga dos orientais. Não deveria me alongar neste assunto, João. Perdoe-me. Não há homem justo. Nem mulher. Com exceção de Maria — a nossa mãe Maria — e de Madalena, a linda, todas as outras se desviaram e se corromperam; não há quem faça o bem, não há uma sequer. A garganta delas é um túmulo aberto; com a língua planejam trapaças; em seus lábios há veneno de cobra.[7]

8. Tempos difíceis. Assim, encontro-me em dificuldades diante da fé que construímos. Onde quer que estejas, João, rogo-te para que ouças minhas palavras e possas me ajudar. Esta carta é também uma súplica. Continuemos nosso evangelho no bom caminho da lei.[8]

9. Sábias palavras. O espírito santificador vem até mim e, nas minhas horas de escuridão, se coloca de pé, bem em frente ao meu corpo, para sussurrar as palavras da sabedoria: "faça com que ele a deixe, Paulo". E, então, só me resta transmitir a ordem divina: deixe-a, João. E deixe estar.[9]

---

vivem praticamente como os ianques. Por isso, o julgamento se torna para eles ainda mais rigoroso. Nada adianta professar a fé com palavras e ideias, porque a igreja leva em conta aquilo que o homem pratica, as suas ações concretas, sem fazer diferença entre as pessoas.

[7] Paulo nega a autossuficiência do homem, que tem a pretensão de salvar a si próprio. A salvação é dom do senhor e não fruto do esforço humano. A carta agora se revela em sua "verdadeira" função: mostrar que todos são pecadores, embora fique clara a conclusão de que as maiores pecadoras são as mulheres. Segundo a versão das escrituras, elas planejaram as trapaças que os desviaram do caminho da lei. O pedido de desculpas do remetente e o título do versículo ensejam uma interpretação mais singular e personalizada, mas não há provas concretas desta tese.

[8] A mudança pronominal se completa. Paulo agora se refere a João na segunda pessoa do singular e deixa nas entrelinhas a razão dos tempos difíceis, provavelmente relacionados com o versículo anterior. Como estratégia narrativa, volta ao tema geral: a construção do evangelho.

[9] Conforme a epístola caminha, as intenções de Paulo vão ficando mais claras, embora este versículo carregue uma série de dúvidas com relação à sua fidelidade linguística. Na época helenística do rock, escrever era muito penoso e lento por causa do material primitivo utilizado. Por isso, era co-

10. Corações partidos na fé em teu nome. Quem neste mundo pode concordar com a ruína que se anuncia em nosso coração? O que dizer às mães desesperadas diante da cruz? Devemos deixá-las sem resposta? Não abandone os fiéis que vivem na circunscrição da lei. Porque é somente tua a honra e a glória da salvação.[10]

11. Os outros apóstolos te glorificam. Assim também rezam os demais apóstolos, Jorge e Ricardo. Não tenho procuração para representá-los, mas, em nome da Igreja, igualmente os proclamo como autores de nosso evangelho e interpreto suas escrituras como forma de súplica. Pois embora separados, ainda há a chance de ouvirem uma resposta na tua voz: deixe estar, João.[11]

12. Uma luz de fé na escuridão. Ainda que eu falasse a língua dos ianques, sem a fé no evangelho eu nada seria. E por ele enxergo a luz que brilha quando a noite está nublada. A luz que brilha em mim e brilhará amanhã. A luz das escrituras, João. Voltemos a elas.[12]

13. A salvação está em nossas mãos. Agi assim porque conheceis o tempo e já é hora de acordar. É preciso salvar a

---

mum ditarem-se as cartas a escribas profissionais. No caso deste versículo, há dúvidas na caligrafia empregada para redigir a palavra "leave", que significa deixar.

[10] Paulo vê na súplica a João a única possibilidade de salvação do evangelho, da Igreja e de todos os fiéis que a seguem.

[11] Quando esta epístola foi encontrada numa caverna de Liverpool, o pergaminho apresentava lacunas nos versículos 11, 12, 13 e 14. Os arqueólogos trataram de inferir os significados das palavras que foram apagadas pelo tempo, como é o caso da inclusão dos nomes Ricardo e Jorge, que nunca são mencionados nas demais epístolas de Paulo. Além disso, no último versículo da carta, Paulo os chama de irmãos, termo normalmente usado para identificar os fiéis do evangelho, e não seus apóstolos.

[12] Neste versículo, Paulo utiliza uma famosa passagem da carta que endereçou a um clube de futebol inglês, esporte cuja má apropriação pelos pagãos ianques foi uma das causas de discórdia entre os arautos do evangelho.

nossa Igreja. É preciso renovar o evangelho. A única maneira de não ser um peso é os quatro pensarmos: devemos transformá-la em algo de bom novamente ou deixar para lá?[13]

14. A liberdade na caridade. Encerremos, pois, com o hábito de nos julgar uns aos outros. Cuidai, ao contrário, de não pôr tropeço diante do irmão e sê caridoso com ele, amado João. Assim, abandonai os orientais sem fé e acordai ao som da música inspirada por nossa mãe eterna, que nos deixa estar em harmonia. Portanto, apliquemo-nos ao que contribui para a paz e mútua edificação.[14]

15. O apóstolo dos pagãos. Estou certo, meus irmãos, de que vós estais repletos de bondade para poderdes admoestar-vos uns aos outros, em especial tu, João, a quem glorifico e venero. Todavia, eu vos escrevi para despertar a vossa memória, em virtude da graça que me foi dada pela Igreja. Sou ministro do evangelho entre os pagãos, encarregado de um ministério sagrado para que as palavras sussurradas sejam aceitas e a resposta santificada venha de ti, amado amigo, o único que se misturou entre eles. Vamos nos purificar e ir ainda mais longe.[15]

---

[13] O pergaminho está apagado na palavra "quatro", que foi incluída no texto pelos primeiros comentadores.

[14] Paulo condena o julgamento entre irmãos, mas julga os pagãos orientais. Não é um paradoxo, mas uma estratégia de reforço sobre seus argumentos acerca dos motivos que levaram a discórdia para o cerne da Igreja, prejudicando a difusão do evangelho. Muitos comentadores veem com ceticismo a epístola por causa exatamente deste versículo, atribuindo a discórdia não à aproximação de João com os orientais, mas à tentativa de assumir o papel de líder do evangelho por parte de Paulo, descontente com a falta de disciplina e organização dos apóstolos.

[15] Paulo justifica sua carta: completou o ministério para o qual foi escolhido pela Igreja, o de apóstolo entre os pagãos, e quer levar o evangelho a regiões onde ainda não foi pregado. Ele retorna ao tom solene, utilizando-se da segunda pessoa do plural. Mas, quando se volta especificamente para João, o pronome de tratamento é informal.

16. Saudações pessoais e louvor. A noite já vai adiantada e o dia vem chegando. Despojemo-nos, pois, das obras das trevas e vistamos as armas da luz. Recomendo-vos nossos irmãos Ricardo e Jorge. Saudai Maria, que veio por nós. Saudai Stuart, que nos convenceu. Saudai Epstein e Martin, nossos colaboradores, e meu querido Pete, que jamais será esquecido. A ti, João, reforço meu louvor, regozijo-me com tua glória e te deixo estar, aguardando a resposta que virá. Por nosso sagrado evangelho, na unidade do espírito de nossas escrituras, para toda a eternidade. Amém.[16]

---

[16] A citação de tantos nomes na saudação pode confirmar a tese de que a epístola é política. Mas também implica uma tentativa de unir a Igreja. Como foi uma das últimas cartas escritas por Paulo, também se conclui que ele a escreveu como forma de exorcizar os fantasmas que o atormentavam nos últimos anos, quando o evangelho se desviou do caminho criado por ele e João no começo dos tempos. Não dá para saber ao certo qual versão é a verdadeira. O melhor é deixar que o julgamento final fique com o leitor.

BONUS TRACK

Meu Beatle favorito

Nelson Motta

Como a primeira Coca-Cola, que perdia longe em sabor e cor para o doce guaraná dourado da Antártica que bebíamos nos anos 1950, não gostei dos Beatles logo de cara. A primeira vez que ouvi "Love Me Do", em 1962, achei uma bobagem, detestei aqueles cabelos de franjinha e achei aqueles terninhos apertados meio ridículos. Estudante de design de 18 anos, metido a intelectual e aspirante a músico, louco por jazz e bossa nova, excitado pelas notícias que vinham da Europa, esperava algo muito moderno e inovador, e tinha ouvido uma musiquinha de três acordes, com uma gaitinha meio enjoada. Eles não eram essa Coca-Cola toda.

Só depois de ver "Os reis do iê-iê-iê" (A Hard Day's Night), em 1964, me entreguei e me apaixonei pelos Beatles. O filme de Richard Lester era sensacional, diferente de tudo o que eu já vira, as músicas eram muito melhores, eram ótimas! Eles eram alegres e divertidíssimos, esculhambavam com tudo, inclusive eles mesmos, o humor e o nonsense pontuavam todo o filme com gags e piadas hilárias, eles eram o padrão de (mau) comportamento que estava encantando os jovens do mundo inteiro. Ainda mais os que viviam sob uma ditadura militar que cassava mandatos, prendia e exilava opositores, censurava a imprensa e as artes.

Eu adorava o grupo, achava Ringo muito engraçado e George um grande músico, mas sempre gostei mais de John do que de Paul. O humor, a irreverência, a molecagem, o estado de transgressão permanente de John fascinavam o brasileirinho de 20 anos. Paul era mais bonitinho, todo arrumadinho, baby face, queridinho das meninas, e talvez por isso mesmo os jovens machos fingiam desprezá-lo e diziam gostar mais de John, que era mais atrevido e viril, mais debochado e anárquico.

O encanto musical, comportamental e cinematográfico se multiplicou com "Help", que vi pela primeira vez com o coração aos pulos num cinemão em Piccadilly Circus, no coração da "Swinging London" de 1965, fumando um cigarro atrás do outro (havia cinzeiros nos braços das cadeiras dos cinemas ingleses). Depois revi incontáveis vezes no Cine Bruni Copacabana, onde não se podia fumar. Sabia de cor vários diálogos do filme, podia narrá-lo inteiro em detalhes, amava todas as músicas.

Como vários amigos da faculdade, assisti "Help" tantas vezes que brincávamos de perguntar uns aos outros: "Já viste "Help" hoje?" Era a união perfeita da música, do cinema e da atitude moderna que sonhávamos. As músicas eram maravilhosas, a história divertidíssima, o ritmo vertiginoso, os Beatles nos levavam para um mundo de alegria e liberdade muito distante do Brasil.

Dali em diante vivi em estado de paixão permanente pelos Beatles, com orgasmos múltiplos no revolucionário e elaboradíssimo "Sargeant Pepper", em 1967.

Lançado no fatídico e turbulento 1968, o "Álbum branco" quase passou em branco no Brasil conturbado pelas passeatas de estudantes, pelo endurecimento do governo militar, pela explosão do novo teatro com o "Rei da Vela" do Grupo Oficina, pelo filme "Terra em transe", de Glauber Rocha, que revolucionava o Cinema Novo, pela arte de vanguarda de Hélio

Oiticica e suas instalações tropicais, pela rebelião comandada por Caetano Veloso e Gilberto Gil que provocaria um racha na música brasileira originando o Tropicalismo. Nós estávamos muito ocupados e preocupados com nosso quintal, onde, ao contrário dos jovens americanos e europeus que exigiam a proibição de todas as proibições e queriam a imaginação no poder, vivíamos sob uma ditadura repressiva e conservadora. Era muito romântico ser rebelde em Paris, em Londres e na Califórnia, duro era ser jovem no Brasil.

Do "Álbum branco" as músicas de que nós, jovens politizados e fascinados com a Revolução Cubana, mais gostávamos eram, naturalmente, "Revolution", como uma tomada de posição política, uma inspiração transformadora, e "Back in the USSR", que entendíamos como uma ponte ideológica com a arquiinimiga da ditadura brasileira. E odiávamos "Ob-La-Di Ob-La-Da", por sua ligeireza juvenil abobalhada. Embora assinada pelos dois, esta devia ser de Paul sozinho, eu pensava, John não faria uma bobagem dessas, John deve ter feito "Revolution" sozinho.

Quanta bobagem se pensa aos 20 anos.

Sobre os autores

Ana Paula Maia é escritora e nasceu no Rio de Janeiro. Publicou os romances *O habitante das falhas subterrâneas, A guerra dos bastardos, Carvão animal* e a novela *Entre rinhas de cachorros e porcos abatidos*. Participa de diversas antologias de contos no Brasil e no exterior. Seu blog é o killing-travis.blogspot.com

André de Leones (Goiânia, 1980) é autor dos romances *Dentes negros* (Rocco) e *Hoje está um dia morto* (Record, vencedor do Prêmio SESC de Literatura 2005), dentre outros.
Weblog: vicentemiguel.wordpress.com.

André Moura nasceu em Nova Iorque, Estados Unidos, em 1970. Bacharel em Ciências Biológicas pela UFRJ, onde também fez especialização em Literatura Infantil e Juvenil, além do mestrado em Ciência da Literatura. Doutor em Literatura, Cultura e Contemporaneidade pela PUC-Rio. Trabalha com projetos de leitura e crítica de literatura infantil desde 1995. É autor do livro de poesia *Lã de Vidro: diálogos poéticos* (Memória Visual, 2009) e do infanto-juvenil *O Rei do Manacá* (Jujuba, 2009), que foi selecionado para o acervo do PNBE/MEC 2010. Também coautor dos livros infantis *Artur e a tartaruga* e *As flores do mar* (no prelo).

André Sant'Anna é músico, escritor, roteirista de cinema, televisão e publicidade. Formou o grupo performático Tao e Qual, na década de 1980, e atua no espetáculo *Sons e Furyas* com o Grupo Muito Louco Experimental Transgressor de Vanguarda. É autor da trilogia *Amor*

(Edições Dubolso, 1998), *Sexo e Amizade* (Companhia das Letras, 2007), *O paraíso é bem bacana* (Companhia das Letras, 2006), *Inverdades* (7Letras, 2009). Teve o conto *O importado vermelho de Noé* incluído na antologia *Os cem melhores contos brasileiros do século* (Objetiva, 2000) e o texto *Pro Beleléu* incluído na antologia *As cem melhores crônicas brasileiras* (Objetiva, 2005).

Carola Saavedra é autora dos romances *Toda terça* (2007), *Flores azuis* (2008), eleito melhor romance pela Associação Paulista dos Críticos de Arte, finalista dos prêmios São Paulo de Literatura e Jabuti), e *Paisagem com dromedário* (2010), finalista dos prêmios São Paulo de Literatura e Jabuti).
Site da autora: carolasaavedra.wordpress.com

Fernando Molica nasceu no Rio em 1961. Formado em Jornalismo pela UFRJ, lançou, em 2012, o romance *O inventário de Julio Reis* (Record). É autor de *Notícias do Mirandão* (Record, 2002), *Bandeira negra, amor* (Objetiva, 2005) e *O ponto da partida* (Record, 2008). Escreveu também o livro-reportagem *O homem que morreu três vezes* (Record, 2003) e o infanto-juvenil *O misterioso craque da Vila Belmira* (Rocco, 2010). Participou das antologias de contos *Dicionário amoroso da língua portuguesa* (Casa da Palavra, 2009) e *10 cariocas* (Ferreyra Editor, Córdoba, 2009). *Bandeira negra, amor* e *O homem que morreu três vezes* foram finalistas do Prêmio Jabuti. Organizou, para a Associação Brasileira de Jornalismo (Abraji), as coletâneas *10 reportagens que abalaram a ditadura*, *50 anos de crimes* e *11 gols de placa* — todos os volumes foram editados pela Record. Mantém um blog e um site em www.fernandomolica.com.br. Seu twitter é o @fernandomolica.

Felipe Pena é jornalista, psicólogo, roteirista de TV, doutor em Literatura pela PUC-Rio, professor da UFF e autor de 11 livros, entre eles três romances, todos publicados pela editora Record. Em 2011, foi finalista do Prêmio Jabuti na categoria biografia com o livro *Seu*

Adolpho (Usina de letras, 2010). Seu romance mais recente, *O verso do cartão de embarque* (Record, 2011), está sendo adaptado para o cinema. Publicou diversos artigos científicos no Brasil e no exterior, tem pós-doutorado em Semiologia da Imagem pela Université de Paris / Sorbonne III, coordena o grupo de pesquisas em Teoria do jornalismo da Intercom e mora no Rio de Janeiro, cidade onde nasceu, aparentemente, no século passado. Site: www.felipepena.com

Godofredo de Oliveira Neto é romancista e professor da UFRJ. Autor do premiado romance *Menino oculto* e *Amores exilados*, entre outros.

Henrique Rodrigues nasceu no Rio de Janeiro, RJ, em 1975. Formou-se em Letras pela UERJ, fez pós em Jornalismo Cultural, também na UERJ, e mestrado em Literatura na PUC-Rio, onde é doutorando em Literatura. Trabalha com projetos de incentivo à leitura, especialmente com jovens e professores. É coautor dos livros *Quatro estações: o trevo* (independente, 1999) e participou das antologias *Prosas cariocas: uma nova cartografia do Rio de Janeiro* (Casa da Palavra, 2004) e *Dicionário amoroso da língua portuguesa* (Casa da Palavra, 2009). Autor do livro de poemas *A musa diluída* (Record, 2006), *Versos para um Rio Antigo* (infantil, Pinakotheke, 2007), *Machado de Assis: o Rio de Janeiro de seus personagens* (juvenil, Pinakotheke, 2008), *O segredo da gravata mágica* e *O segredo da bolsa mágica* (infantil, ambos pela Memória Visual, 2009), *Sofia e o dente de leite* (infantil, pela Memória Visual, 2011). Organizou a antologia *Como se não houvesse amanhã: 20 contos inspirados nas músicas da Legião Urbana* (Record, 2010). Site do autor: www.henriquerodrigues.net

Lúcia Bettencourt nasceu no Rio de Janeiro, RJ. Formou-se em Letras pela UFRJ, fez pós-graduação também na UFRJ, mestrado em Literatura Brasileira e Latino-Americana na Universidade de Yale (EUA) e doutorado em Literatura Comparada na UFF. Trabalha com projetos de oficinas de contos e com aulas de literatura para grupos fechados. É autora dos livros de contos *A secretária de Borges* (Record, 2005); *Linha de sombra* (Record, 2008) e *O amor acontece* (Record, 2012). Participou das antologias: *Coletânea Osman Lins de contos* vol. 1 (Pref. do Recife, 2005), *Brasil-Haiti 101 histórias. Uma esperança* (Garimpo, 2010), *Escritores escritos* (Flaneur, 2011), e *Histórias possíveis* (Kindlebook Br, 2011). Publicou pela Editora Escrita Fina, em 2011, dois livros infantis, a saber: *A cobra e a corda* e *Botas e bolas*, o primeiro sendo escolhido para o PNBE. Recebeu os prêmios SESC e Osman Lins em 2005 e o prêmio Josué Guimarães, da Jornada Literária de Passo Fundo, em 2007. Seus contos foram traduzidos para o inglês e têm sido publicados em revistas americanas e inglesas. Mantém o blog: www.nadanonada.blogspot.com

Marcelino Freire nasceu em 1967 em Sertânia, PE. Viveu no Recife. Reside em São Paulo desde 1991. É autor, entre outros, de *Contos negreiros* (Prêmio Jabuti 2006 — Editora Record) e de *Amar é crime*, publicado pelo Edith (visiteedith.com), coletivo artístico do qual faz parte. Para saber mais sobre autor e obra, visite: marcelinofreire. wordpress.com

Marcelo Moutinho nasceu no Rio de Janeiro, em 1972. É autor dos livros *A palavra ausente* (Rocco, 2011), *Somos todos iguais nesta noite* (Rocco, 2006) e *Memória dos barcos* (7Letras, 2001). Organizou a coletânea de ensaios *Canções do Rio — A cidade em letra e música* (Casa da Palavra, 2010), além das antologias *Prosas cariocas — Uma nova cartografia do Rio* (Casa da Palavra, 2004), *Contos sobre tela* (Pinakotheke, 2005) e *Dicionário amoroso da língua portuguesa* (Casa da Palavra, 2009), das quais é também coautor. Site: www.marcelomoutinho.com.br.

Marcia Tiburi é graduada em Filosofia e Artes e mestre e doutora em Filosofia pela UFRGS. É professora do programa de pós-graduação em Arte, Educação e História da Cultura da Universidade Mackenzie, editora da revista *TRAMA Interdisciplinar* e colunista da revista *Cult*. Autora de diversos livros de filosofia e de literatura, entre eles *Filosofia em comum* (Record, 2008), *Filosofia brincante* (Record, 2010) e *Diálogo/Desenho* (SENAC, 2010), dos romances *Magnólia, A mulher de costas* e *O manto* (Record, 2009) e do ensaio *Olho de vidro – A televisão e o estado de exceção da imagem* (Record, 2011).

Marcio Renato dos Santos nasceu em Curitiba, PR, em 1974. Formou-se em Jornalismo pela PUC-PR, fez mestrado em Estudos Literários na UFPR. Trabalha na Assessoria de Comunicação do Museu Oscar Niemeyer, na capital paranaense. É autor de *Minda-Au* (contos, Record, 2010) e *Você tem à disposição todas as cores, mas pode escolher o azul* (contos, Fundação Cultural de Curitiba, 2011). Coautor, com José Carlos Fernandes, de *Todo dia nunca é igual* (sobre os 90 anos do jornal Gazeta do Povo, 2011).
Mantém o blog: minda-au.blogspot.com

Maurício de Almeida é autor de *Beijando dentes* (Ed. Record), livro de contos vencedor do Prêmio Sesc de Literatura 2007.
Mais: www.mauriciodealmeida.blogspot.com

Nelson Motta nasceu na capital paulista, mas foi morar no Rio de Janeiro com os seus pais quando tinha apenas 6 anos de idade. Em 1966, venceu a fase nacional do I Festival Internacional da Canção (FIC), com sua canção "Saveiros" (com Dori Caymmi), interpretada por Nana Caymmi. Participou da *bossa nova* junto com nomes como Edu Lobo e Dori Caymmi. Ajudou no desenvolvimento do rock brasileiro, através de seu trabalho como jornalista em *O Globo* e no programa *Sábado Som*, pela *Rede Globo*. No final da década de 1980 foi responsável pelo lançamento de Marisa Monte e pela produção do festival *Hollywood Rock*. Idealizou e formatou programas como *Chico e Caetano* (1986) e *Armação Ilimitada* (1985). Fez palestras nas Universidades de Harvard (2000), Oxford (Inglaterra, 2005), Roma (20002) e Madri (2004) e em quase todas as capitais brasileiras. É autor de mais de 300 músicas e entre os seus parceiros estão Lulu

Santos, Rita Lee, Ed Motta, Guilherme Arantes, Dori Caymmi, Marcos Valle, Guinga, Max de Castro, Erasmo Carlos, João Donato e a banda Jota Quest. Autor de sucessos musicais como *Dancing Days* (como Ruben Barra), "Como uma Onda" (com Lulu Santos), "Coisas do Brasil" (com Guilherme Arantes), "Bem que se quis", primeiro sucesso de Marisa Monte, além da canção de final de ano da Rede Globo "Um novo Tempo" (com Marcos Valle e Paulo Sérgio Valle) Motta já dirigiu espetáculos no Brasil e no exterior e produziu discos de grandes astros e estrelas da MPB tais como Elis Regina, Marisa Monte, Gal Costa, Daniela Mercury, dentre outros. Foi diretor artístico da gravadora Warner Music, produtor da Polygram e também participou do programa *Manhattan Connection* (canal GNT), com Lucas Mendes e Paulo Francis, entre 1992 e 2000. Escreveu os bestsellers *Noites Tropicais* e *Vale Tudo – O som e a fúria de Tim Maia* (ambos pela editora Objetiva) que, juntos, venderam mais de 300 mil cópias; seus romances *Ao som do mar e à luz do céu profundo* (editora Objetiva), *O canto da sereia* (editora Objetiva) e *Bandidos e mocinhas*, além do livro de histórias *Força Estranha* (2010 – editora Objetiva), que mistura ficção e realidade, permaneceram na lista dos livros mais vendidos por semanas. Também escreveu *Nova York é aqui* (editora Objetiva), *Memória musical* (editora Sulina), dentre outros. Com roteiro de Nelson Motta a peça *Tim Maia – Vale tudo, o musical*, baseado na biografia do autor sobre a vida de Tim Maia, que se tornou o maior fenômeno de bilheteria teatral em 2011 e se gue carreira de sucesso. Em outubro de 2011 lançou *A primavera do dragão* (editora Objetiva), biografia de Glauber Rocha, que narra sua vida até os 24 anos. Foi colunista dos jornais *Última Hora* (1968), *O Globo* (1973 a 1980 e depois de 1995 a 2000) e *Folha de S. Paulo* (2003 a 2009). Desde 2009 escreve colunas semanais nos jornais *O Globo* e *O Estado de S. Paulo*. Nelson apresenta também uma coluna semanal, às sextas-feiras, no *Jornal da Globo*, sobre cultura e comportameto. Em 2011 foi ao ar na *Globo News* a segunda temporada da série *Nelson Motta Especial*, com dez programas, cada um com cinco crônicas sobre arte e cultura. O jornalista apresentou o programa musical diário *Sintonia Fina* até 2011 em várias rádios do país. E é o curador do Festival "Sonoridade", que terá sua segunda edição em fevereiro de 2012. Seu mais novo trabalho como coroteirista (com Denise Bandeira e Guilherme Fiuza), é a minissérie *O Brado Retumbante*, de Euclydes Marinho (TV Globo).

Rafael Rodrigues nasceu na cidade de Feira de Santana, Bahia, em 1983, onde vive até o momento. Tem resenhas, artigos e contos publicados em diversos veículos, como as revistas Brasileiros e Conhecimento Prático Literatura, o Suplemento Literário de Minas Gerais e o jornal Rascunho. É autor do livro *O escritor premiado e outros contos*, coeditor da revista eletrônica *Outros Ares* (http://outrosares. wordpress.com/) e mantém o blog Entretantos no site da revista Bravo! (http://bravonline.abril.com.br/blogs/entretantos/).

Simone Campos é escritora, tradutora e produtora editorial. Estreou na literatura aos 17 anos, com o romance *No shopping* (2000), ao qual se seguiram diversas participações em antologias, o romance *A feia noite* e o livro de contos *Amostragem complexa*. Em 2011, lançou o livro interativo *Owned — um novo jogador*, inspirado na cultura dos videogames, que saiu em meio digital e em papel. Mantém um site em simonecampos.net.

Stella Florence é escritora — e um cordeiro em pele de lobo. Esta paulistana nascida em 67 é autora dos sucessos *Os Indecentes, 32, O diabo que te carregue!* e *Hoje acordei gorda*, entre outros livros. Conhecida por seu verbo ácido, direto e bem-humorado, Stella mantém o blog http://stella-florence.blogspot.com/ e o twitter @Stella_Florence.

Zeca Camargo nasceu em Uberaba/MG. Trabalhou como jornalista cultural em diversos jornais e revistas. É apresentador do programa Fantástico, da TV Globo, e publicou *De A-HA a U2 — Os Bastidores das Entrevistas do Mundo da* Música, dentre outros. Escreve sobre cultura pop no blog http://g1.globo.com/platb/zecacamargo.

Este livro foi composto na tipologia Minion Pro,
em corpo 11/15,2, e impresso em papel off-white 90g/m^2,
no Sistema Cameron da Divisão Gráfica
da Distribuidora Record.